有一天
会有一个人走进你的生活
告诉你
为什么你和别人没结果

喜你如命

高堰阳 | 著

图书在版编目（CIP）数据

喜你如命 / 高堰阳著 . -- 北京：北京联合出版公司，2017.4

ISBN 978-7-5596-0042-4

Ⅰ. ①喜… Ⅱ. ①高… Ⅲ. ①情感—通俗读物 Ⅳ. ① B842.6-49

中国版本图书馆 CIP 数据核字（2017）第 068037 号

喜你如命

作　　者：高堰阳
策　　划：北京金色昀虹文化传媒有限公司
特约编辑：叶　飓　马春雪　　责任编辑：李　红　徐秀琴
封面设计：红杉林文化

北京联合出版公司出版

（北京市西城区德外大街 83 号楼 9 层 100088）

北京联合天畅发行公司发行

北京君升印刷有限公司印刷　新华书店经销

字数 170 千字　880mm×1230mm　1/32　8.5 印张

2017 年 4 月第 1 版　2017 年 4 月第 1 次印刷

ISBN 978-7-5596-0042-4

定价：35.00 元

未经许可，不得以任何方式复制或抄袭本书部分或全部内容

版权所有，侵权必究

本书若有质量问题，请与本公司图书销售中心联系调换。电话：（010）64243832

序

青春真好。在这里，我看到了青春的气息在笔下流淌。

认识小高是在几年前的秋天，当时他还在做网文编辑。那时的他，执意要闯进图书出版这个圈子，只为实现他一直期待的文学梦；那时的他，朝气蓬勃，学习出版工作的流程非常快，而且对文字的理解有着独到的看法，很快，一部部新书在他的手中应运而生；那时的我们，经常在一起吃吃饭喝喝酒，聊聊人生与未来；那时的他，是迷茫的，虽然对文字有着非比寻常的热爱，但迫于现实的残酷，总是一次次妥协着，家庭、事业、婚姻、生活，各种压力无时无刻不在冲击着这个已经并不算年轻的年轻人！不过那时候，我就一直觉得，他将来一定会去用文字表达自己对于这个世界的心情与看法，果然，几年之后，这本书也如我期待的那样结集成册。作为曾经一起"战斗"过的朋友，在阅读他的文字时，心中会不断地泛起一些小涟漪，更容易想起曾经一起工作生活时那些点点滴滴。

现在，小高和我已经天各一方，出于工作发展的需要，他去了更加温暖湿润的南方城市，虽然我们相隔两地，但发达的信息，却拉近

喜你如命

着我们的距离，我们一直稳定地保持着紧密的关系，也会在工作上有进一步交流。看到他在写作的道路上越来越得心应手，我心甚慰。

言归正传，这本书是小高出版的第二本书，记述的大多是他亲身经历的故事。其实，让我为本书作序还是颇有难度，作为一个并不年轻的中年人，实在不适合为这样一本洋溢着青春气息的图书来堆砌尴尬的文字。他的强烈要求和我阅读后实实在在生出的想法，让我还是决定动笔。他的文字，确实让我感受到一些难以言表的东西，我相信余华先生所说：一位作家只为自己的内心写作，只有内心才会真实地告诉他，他的自私、他的高尚是多么突出。内心让他真实地了解自己，而一旦了解了自己也就了解了世界。我想，如果你真正读过这本书，也许就会懂得他真实的内心感受。

文字中流淌的，是他对爱情和生活的向往与期冀，也许这世间没有真正的完美存在，也许很多故事的结局会刺痛你的心，可这有什么关系呢，这就是我们的青春，也是让我们珍藏终生的记忆。

只要我们曾经年轻过，还有什么比这更重要？

金色昀虹文化传媒出版总监　叶飚
2016年深冬　于北京

目　录

001　在陌生的地方遇见熟悉的你

015　认识你，三生有幸

029　宅系少女的恋爱物语

047　给不了的爱情和未完成的理想

071　第五次暗恋你

083　谢谢你，祝我生日快乐

095　一念一想

115　阿姝的爱情故事

129	我朋友的爱情有点诡
153	以婚姻之名，判你无期徒刑
171	删除痛苦
189	最后的温柔，是放手
205	独角戏
229	祝枝小姐
241	我们各自伪装坚强
259	后记

在陌生的地方遇见熟悉的你

很多人都以为那是一场缠绵悱恻的爱情,只有他自己知道,所有的缠绵悱恻,都只在他的心里发生过。还没来得及对那个姑娘说一句"喜欢",他就跟着父母去了远方。所以,他只能用歌声来思念那个姑娘,就像歌词里写的那样:"曾经的、过去的,我多希望找回;去过的、熟悉的,我怎么寻找不见……"

没想到,竟然会在异乡遇见她。

一

晓敏是个普通的姑娘，普通到你早上挤公交、周末逛商场、放假去旅游，甚至在路上随意瞥上一眼，都能看到一个和她相似的人。

她是个小白领，对生活也没有特别的期望，她所能想到的，就是规规矩矩地度过每一天，吃着凑合的食物，遇到一个凑合的男人。她不觉得卑微或者绝望，她不是一个有故事的女同学，也不是那种心中有远方的姑娘，她普普通通，甚至没什么存在感。

从不招惹别人，也不会有人来招惹她，从来都不耀眼，也不会嫉妒耀眼的人。在不短不长二十五年的岁月里，她似乎一直如此，没什么需要遗忘的，也没什么值得铭记的，她从来无法理解，那些所谓的关于阳光的温度、歌曲的记忆，究竟是怎样一种特殊的感情。

喜你如命

　　按照惯例，她今天应该在下班后奔赴超市，买一些打折的菜，回家做饭，然后吃饭、看电视、洗澡、睡觉，但今天阿琳失恋了，硬是拽着她怎么也不让走。说起阿琳，平日里也不怎么喜欢跟晓敏待在一起，可不知道为什么，每回失恋却都会找晓敏哭诉。总而言之，今天晓敏是脱不开身了。

　　阿琳每次失恋，宣泄方式都不一样，这一次是去 Live House 听歌。听说有一位治愈系民谣歌手要到杭州来巡演，恰好赶上阿琳失恋，所以她觉得自己需要被治愈一下，于是下班后，便拽上晓敏迅速地赶到现场。许是因为这歌手不太出名，队伍排得并不长，好多人都在喝酒，还有些人在玩儿桌球。

　　耳边回响着躁动的音乐，看着 Live House 炫目的灯光，晓敏觉得有些头晕，她接过阿琳递来的啤酒，默默地坐在角落里。

　　"一起跳起来啊，晓敏。"阿琳甩着头发，冲着她喊。

　　晓敏摇摇头，她不敢像阿琳那样在这种场合旁若无人地扭动身体，也无法融入这种环境。看着各种装扮的男孩女孩们在音乐的陪衬下活力四射，突然有一瞬间，她觉得，自己虽然只有二十几岁的年纪，心态却已经七老八十了，就像堆砌在房屋角落里的陈年旧物一般。

　　来到杭州已经好几年，她始终无法真正融入这个城市。有人告诉她，来到城市，首先要让自己过得像个城里人，然后逐渐成为真正的城里人，最起码在穿着、饮食、娱乐方面，一定要跟得上潮流。晓敏无法理解，她像一个念旧者，依然维持着最初的风格，做着曾经做过的事情。

二

还有十分钟，演出就要开始了，刚刚还散乱着的人群已经聚集到一起，舞台上的乐手们开始忙着调试乐器，只有歌手还没上台。

芦苇，这是歌手的名字，或者说是艺名。对于芦苇这种植物，晓敏并不陌生。在老家，每当秋季来临，池塘和水洼里到处都是随风飘荡的芦苇，白色絮状的芦苇花，像一簇簇洁白的云朵，轻柔地飘浮在水面上。

串场主持人上台后，语调充满激情："让我们用最热烈的掌声，欢迎民谣诗人——芦苇！"

晓敏随着主持人的指引朝舞台上看去，只见一个头戴鸭舌帽、瘦瘦高高的男生从舞台左侧走出来，挎着一把吉他，一直低着头。晓敏想，和其他明星不一样，这个歌手似乎有些害羞呢。

芦苇上台的那一刻，台下响起一阵欢呼，舞台上也腾起烟幕，他没有说话，只是静静地站在话筒前，低着头拨弄了一下琴弦。一切准备就绪，他抬起头，开始唱歌。

"陆伟？"

看到这张面孔的瞬间，晓敏情不自禁地叫出了一个名字，一个在二十五年生命里，唯一能让她悸动的名字。台上的他早已脱离了稚气，却仍像初见时那般容易害羞。

"那个……你可以借给我一支铅笔吗？我没带铅笔。"专心答题的晓敏感到有人用手指轻轻地捅了她一下，回过头一看，是一个个子小小的、满脸羞红的男生。

"可以啊。"晓敏爽快地递过去一支铅笔，"你怎么这么粗心啊？考试都不带铅笔，不应该事先把所有的东西都准备好吗？"

"对不起……我忘了。"男生低着头，声音越来越低。

晓敏从来没见过这么容易害羞的男生，不由地觉得有趣，明明没有做什么，居然还向自己道歉。

"以后可别忘了啊，幸好今天我多带了一支铅笔，要不然就影响到你考试了。"晓敏一副教训的口气，话说得语重心长。

男生似乎更加不好意思了，埋着脑袋，小声说："好，我知道了。"

"嗯，真是个乖弟弟。"晓敏情不自禁地调笑道。

……

"没想到，过了这么多年，你还是这么容易害羞。"晓敏看着陆伟，露出一个会心的微笑。

陆伟的声音很温暖，简单的旋律和温馨的歌词，很快就让大家安静下来。渐渐地，所有人都坐在地上，安静地听他唱歌。晓敏和阿琳也跟着坐了下来，听陆伟唱着一首又一首，有的关于爱情、有的关于青春……从他的歌声里，晓敏听到了从前的故事。

和陆伟认识以后，晓敏一直以姐姐自居，对他的一切都要指手画脚一番。从早上一定要吃早餐，到上课一定要做笔记，再到穿衣服要注意品味，甚至晚上十点半必须睡觉，任何的琐事，晓敏都要管上一管。陆伟像一只提线木偶，非但没有任何意见，反而任由她摆布。

"你为什么对我这么好？"陆伟问。

"我是你姐姐啊。"晓敏说得理所当然。

"晓敏，你是不是喜欢陆伟？"别人问。

"怎么可能？我可是他姐姐。"晓敏这样回答。

或许，青春里本就没那么多复杂的东西，晓敏真的像姐姐一样照顾着陆伟。她也不知道，自己为什么会对陆伟的事情这么用心，明明连自己的事情都管不好，却将陆伟的一切打理得井井有条。

"到底是为什么呢？"

现在的晓敏早已经过了对感情之事一无所知的年纪，可审视过往，连自己都不知道，她是真的把陆伟当成了弟弟，还是有其他什么无法言说的情意。

三

整个晚上，晓敏都是在各种回忆中度过的。

"好听吧。"阿琳一脸骄傲，那神情完全看不出是刚失恋的样子，"你看，你都听傻了，还迷糊着呢！过会儿有签售，你要不要去买一张

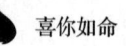

唱片？"

"你去吧，我就算了。"晓敏摇了摇头。再次遇见陆伟，她没有和他相认的心情，说不上为什么，似乎还在气愤他当初的离开，又似乎害怕他已经认不出自己。总之，百感交集。

和晓敏认识一年后，陆伟就转学了，据说是去了北京。临走之前，陆伟说一定会给她写信，她满心期待，可谁知他却从此渺无音讯。他留下的电话号码，她打过无数次，都是无人接听。他就这样从她的生命中消失了，像是从未出现过一样。

"那我去买了，你等等我。"阿琳迫不及待地冲到签售区。

晓敏一个人站在玻璃窗前，百无聊赖地看着街上灯火通明的商店和三三两两的人群。她忽然觉得，人与人之间，大概就是要不断地相逢，而后别离。每一天，都有许许多多的人擦肩而过，能够互相走进对方生命里的，却寥寥无几。即便偶有踏足，又有多少人能够真正留下一丝痕迹呢？一个人，从出生到长大，会和许许多多的人碰撞交织各种喜怒哀乐，但到最后，脑海里又能留得下几个人的名字？

已经错过的，也终将会错过吧。

"喂！晓敏，你可真不够意思啊！"阿琳不满的叫嚣声打断了晓敏的神游，"原来你和芦苇认识啊，你竟然都不告诉我。"

晓敏回过头，看见阿琳正噘着嘴瞪着自己，她的身边，那个男孩有些害羞地搓着手指。

"嗨！"

"嗨！"

"你还好吗？"

"还好……"

……

"喂！你们两个不要这么搞笑好不好？说话这么没营养，表情像是情窦初开的小学生一样！"见两人都有些害羞，阿琳不乐意了，"别在这儿嗨来嗨去的，先吃饭，边吃边聊。"

几分钟后，阿琳看着饭桌上相向而坐的两个人，眼中燃起了熊熊的八卦之火："从你们现在的表现来看，我感觉有事情啊。来吧，说说你们的故事啊！"阿琳一脸坏笑，怎么看都不像是个刚失恋的人。

"没什么，以前是同学。"晓敏率先开口。

"不对吧，肯定不可能是这么简单的同学关系，老同学见面应该是相当兴奋的，瞧瞧你们俩这扭捏样儿，你们以前是一对儿吧？嘿嘿！"阿琳挑着眉毛，戏谑地说。

"别胡说！"晓敏没好气地瞪了阿琳一眼，"上学那会儿，我是他认的姐姐。"

"哦……我明白了。"阿琳做了个恍然大悟的表情，笑着看向陆伟，"芦苇同学，你这套路很深啊！先是姐姐，再然后就是媳妇儿了吧！我上学那会儿，想追我的男生都是这么玩儿的！"

四

"曾经有一个姑娘,她离我那么近,那么近,我却匆匆地将她别离……"

陆伟有一首歌,叫作《你还好吗?不知身在何处的姑娘》,讲的是他自己的故事。

很多人都以为那是一场缠绵悱恻的爱情,只有他自己知道,所有的缠绵悱恻,都只在他的心里发生过。还没来得及对那个姑娘说一句"喜欢",他就跟着父母去了远方。所以,他只能用歌声来思念那个姑娘,就像歌词里写的那样:"曾经的、过去的,我多希望找回;去过的、熟悉的,我怎么寻找不见……"

没想到,竟然会在异乡遇见她。陆伟忽然觉得经纪人那张面目可憎的脸一下子变得特别可爱,如果不是他硬逼着自己开这场签售会,他也不会到这个地方来,不会写下"送给我亲爱的丁晓敏",更不会拥有人生给予的这场出其不意的惊喜。

"这些年,你过得还好吗?"陆伟迫不及待地想要知道,这些年,他日夜想念的那个姑娘,发生了怎样的故事。

晓敏笑笑,随口说:"还好,反正就平平淡淡地过日子。你呢?"

"我就做做音乐,基本上也是宅着的。"

"挺好的。没想到你唱歌还蛮好听,歌词也写得不错,以前我怎么没发现你有这个才能啊?"

陆伟挠了挠头，有些不好意思地说："大概是因为心中有情绪吧。"

晓敏若有所悟地点了点头，那么多情歌，不知道是写给哪个姑娘的，他一定很爱她吧。心里有一点点沮丧，至于为什么，却又说不上来。

两个人都不知道该说些什么，气氛有些尴尬，相视一笑，彼此又陷入了沉默。

为了缓和气氛，晓敏努力地转移了话题："你去北京后，怎么就把我这个姐姐给忘了啊？"

陆伟连忙摆摆手，辩解说："没有，主要是到北京后，发生了一些事情，我一时没来得及。后来，我给你写信，你却没有回。再后来就毕业了，我就彻底联系不上你了。"

晓敏有些惊讶："真的？可我没收到啊！"

"唉！"两个人同时叹息。

五

陆伟一直偷偷地看着晓敏，他很想问一句"你有男朋友吗？"，可是话到嘴边又咽下。

像她这么好的女孩，应该有很多人追吧，她肯定已经有男朋友了。反倒是自己，因为性格内向害羞，一直以来只和那么几个人来往，再加上心里已经住了一个人，就完全没有再考虑过感情的事。

陆伟开始纠结：如果她没有男朋友，我向她表白，她会答应我吗？我这么闷、这么宅，估计她是不会答应的。

晓敏也不知道该说些什么，这么多年没联系，他们似乎变成了两个熟悉的陌生人。可要说陌生，她分明还记得那年生日时的情景。

"姐，你明天生日，对吧？"

"是啊。"

"那个……我有个事儿想和你说。"

"说吧，什么事儿？"

"嗯……就是，你想要什么礼物？"

"不用了，有那个钱，你还不如多买两套试卷呢！"

"哦……那好吧。"

晓敏也就是随口一说，没想到那个傻瓜竟然真的没给自己买礼物，让人又好气又好笑。

如果说熟悉，他们多年未见，印象里那个傻傻的、可爱的小男孩早就已经长大，她不知道他有过怎样的故事，不知道他为什么能写出那些歌，更不知道他是否有了心爱的姑娘……

晓敏不想被他看出心事，便转过身，笑着说了句："时间不早了，我明天还要上班，你也早点儿回去休息吧。"

陆伟的眼睛里闪过一丝失落，但还是羞涩地笑了笑："那好吧，留个联系方式给我吧。"

这个木头！晓敏在心里恨恨地骂着，嘴上却说："好的，常联系。"

交换完号码，晓敏转过身离开时，眼泪不知道为什么就流了下来，心口一阵酸涩。她说不出这是怎样一种感觉，很委屈，又有点儿痛……

"或许，我跟他没有缘分吧。"泪水模糊了城市霓虹，晓敏喃喃着，"这样也好，本来就不该相遇。"

"喂！"温柔的声音响起。

晓敏猛然转身，陆伟杵在那里，嬉笑地看着她。

"你有男朋友吗？如果没有的话，可以让我做你的男朋友吗？"

"好啊！不过你要给我写一首歌。"

"我所有的歌，都是为你而写。"

六

我不知道，现实生活中，像晓敏和陆伟这样犹如小说桥段一般的爱情故事，究竟存在多少。大多数时候，我们能看到的，是一旦在人生路上走散，便再也不会重逢，又或者因为距离太远，空间打败了爱情，最终选择告别。

谁也不能说，他们对爱情不够坚持，只是现实的阻碍太多，想要好好地爱一个人，需要付出更多的努力。

能够在一个陌生的城市遇见爱的人，只要紧紧地拥抱着，便是一种幸福。希望有一天，哪怕爱隔山海，你也能与他，拥抱整个未来。

认识你，三生有幸

李峰说:"小许还缺个女仆,你愿意和我这个男仆配成一对儿,一起照顾她吗?"

许小小答应了。

我们每天都戴着美丽的面具,努力坚强地生活,可是有时候真的好累。没人说软弱是种罪过,找个喜欢的人分担苦乐,未尝不是一件好事。

一

许小小站在街头,看见一辆出租车迎面驶来,她下意识地伸出了手。车刚停,她忽然想起钱包里没有多少现金了,只好歉意地说:"对不起,我还有些事情没办,不坐车了,不好意思啊。"

出租车走后,她拿出手机查了下信息,连忙一路导航,狂奔着去赶最后一班地铁。北京的夜风从耳边呼啸而过,还没跑多远,她就开始觉得有些吃力了,一阵狂风吹来,粗暴地灌入因为喘息而大张的嘴中,直直地穿过她的肺叶,割得生疼。

运气不错,许小小在最后一刻赶上了地铁。车厢内已没什么人,她随意找了一个空位置,坐在那里呼呼地喘了好一会儿,才感觉肺里舒服了些。她闭上眼睛,疲倦地靠在椅子上。

"前方啊,没有方向;身上啊,没有了衣裳……"

这首伍佰的《白鸽》是许小小最喜欢的歌,讲述的是一个关于自由的故事,即使受了伤、流着血,还可以继续坚强地飞下去。她把这首歌设置为手机铃声,就是想借此鼓励自己要坚强。

河南郑州的号,是男朋友陈智打来的电话。许小小感受到些许温暖,至少在她满布荆棘的生活里,还有他的存在。

"喂,还没睡呀。"许小小带着微笑,语气温柔。

"嗯!小小,有个事儿想跟你说。"

"什么事儿?"

"我想,我们分手吧!"

许小小的心像在瞬间被成千上万根钢针刺穿一般生疼,想问一句"为什么",却开口说了声"好"。

"你都不问为什么吗?是不是你也……"

"是啊,我早就想分手,只是没想到你先说出来而已。"许小小说得急促又随意,"好了,既然已经解决了,那我就先挂了。"

许小小无力地靠在车厢的侧壁上,看着一个又一个广告从车窗闪过。她想哭,又不敢流泪,她不想被别人看见自己的软弱。优雅,是女人的底线,尽管这份优雅是她努力伪装出来的,一如此刻的坚强。

在这座纷乱繁华的城市里,有几个人不是在努力地保持伪装呢?外表的光鲜不过是刻意营造的海市蜃楼,每个人都戴着自认为完美的面具,以求赢得别人心中的好印象。只是,有时候伪装得太久,就会失去面对自己内心的勇气。

"小姐,你没事儿吧?"一个声音响起。

许小小抬头,是一个戴着黑框眼镜、眼睛笑眯眯的微胖男人。一股无名怒火蹿上心头,心情糟糕透顶:"你叫谁小姐呢?"

"我没……对不起。"男人带着拘谨和歉意说,"地铁已经到站了,我看你一动不动的,就想提醒你一下,没别的意思。"

许小小看了一眼站台信息,知道是自己误会了,连忙道歉说:"对不起,我今天心情不太好,不好意思啊。"

"没事儿,这个点儿才回家的人,没几个心情好的。"男人微笑了一下。

"谢谢你,再见。"许小小也微笑着回应。

出了地铁,许小小觉得心情似乎舒畅了一些,与陈智分手固然伤痛,但在这样一个城市、这样一个夜晚,还有人能给予自己些许暖意,也算是一件幸事。

二

糟糕的空气迎面扑来,许小小止不住咳嗽起来。她在心里念叨:现在的第一要务是回家睡觉,至于陈智,不过分手而已,就这样不管不顾的,很快也就好了。

地铁站离住的地方还有两公里的路程,一般这个时候,打车也就二十块左右。不过她还是选择了步行，身上的钱不多了，能省则省。

北京郊区的夜晚与市中心的繁华锦绣不同，这里有着市井小镇一般的热闹，让她想起老家。在那个城市，她和陈智曾手牵着手穿过一条又一条街道，驻足在一个又一个小食摊前，享受普普通通的爱情。哪怕毕业后两个人去了不同的城市，她依然坚信他们的爱情可以走得很远，远到可以看见婚姻的轮廓，和两个人牵手到白头的模样。

因为相信这份爱，许小小才能在孤独的城市生活中寻到一丝温暖和前进的动力。可现在，这最后的一丝温暖也消耗殆尽了。她努力回想着从前的种种，可那些过往却像擦肩而过的行人吐出的烟圈，一转身就消失不见了。

回到出租屋，开门时迎接她的是一只泰迪，棕黄色的小卷毛在她的脚边蹭来蹭去，两只小眼珠滴溜溜地转着，一副可怜兮兮的模样。许小小觉得有些心酸，这小家伙跟着自己也是可怜，整天被关在屋子里没有人陪，吃的也是最便宜的狗粮。

"还是把你送人吧，去过点儿好日子。"她轻声说。

打开手机，将小泰迪的信息发到网上，没有标价，她却先写下了对买主的要求："我希望你能够给我的小伙伴一个好的生活环境，能让它吃好、住好，还要疼它、爱它……"

发完信息，许小小随意冲了个澡。躺在床上想尽快入睡，大脑空空的，却不受控制般地不肯入睡。

小泰迪爬上床，在她身上蹭来蹭去。

"你又饿了吗？这么能吃居然还长不胖。"许小小一把抱过小泰迪，柔声说，"小许，过段时间，你就会遇到一个新主人，他会给你好多好多好吃的。到了新家，你要乖一点儿，要听话，知道吗？还有，不要想我，不过，估计你也不会想我吧，你这小东西。"

许小小说着说着就睡着了，她梦到自己飘浮在一个纯白色的空间里，像一片羽毛，又像一团棉絮。

三

将泰迪递到他手上的一刹那，许小小有些后悔了。那小家伙可怜兮兮地看着她，小爪子努力地向前抓着，想要回到她的怀抱。

"它叫什么名字？"

说话的是一个斯文干净的大男孩，戴着眼镜，穿着运动服，背着双肩包，眼角带笑，很好看，他是"小许"的新主人。

"小许。"

"小许？"男孩知道许小小的名字，所以有些诧异。

"我把它当家人一样，它自然是要跟我姓的。"许小小不想说太多，她怕某个瞬间的回忆翻涌，会让她想要夺回"小许"。

"嗯，那以后你还叫小许吧。"男孩温柔地抚了抚"小许"的毛发，抬头看向许小小，"我叫李峰，我的电话你也有，以后要是想看小许的话，给我打电话就可以了。"

"好。"

"你还有什么话要对小许说吗？"

"你好好照顾它就是了。"

"放心吧，一定的。"

李峰给出的肯定答案，让许小小心里稍微好受一些。告别李峰，许小小给姐妹们打电话，她想找个人陪陪自己，哪怕只是说说话。

范文静没接电话。她是一个小明星的经纪人，却比那些大牌明星的经纪人还要忙。张若娇倒是接了，却说"姐在跟大客户谈生意呢"，许小小没办法，只好给余柔打了个电话。说实话，她并不想打扰余柔，这姑娘经常夜里写稿子，这会儿估计还睡着呢。可她心里难受，如果没有人陪着，她怕自己会疯掉。本来这种时候，只要哭出来就好了，可不知从什么时候开始，许小小就忘了该怎么哭了。

余柔赶到时还是一脸倦容，黑眼圈异常明显，见许小小一副凄凄惨惨的模样，关切地问："亲爱的，你怎么了？"

"没什么，就是觉得有些难过，想你来陪我。"许小小有些哽咽。

"乖，没事儿了，一切都会过去的。"余柔拍着许小小的脊背，像哄孩子一般，"我们小小这么好的姑娘，老天爷一定会格外照顾的。"

像是有什么从身体里被抽走一般，许小小从抽泣变成号啕大哭，好半晌才起身，接过余柔递来的纸巾，擦了擦眼泪，低头沉默。

"小小，发生什么事了？"余柔小心地问。

"我失恋了。"说出这件事的时候，许小小没有察觉到预料之内的心痛，也许是哭过之后被泪水冲淡了，胸腔里空空的。

"小小，离开错的才能和对的相逢，咱不为那个渣男伤心，不值得。"余柔揽过小小的肩膀，柔声哄着。

过了一会儿，许小小轻轻推开余柔："好了，我没事儿了。"

哭过以后，许小小觉得这些不愉快似乎变得不那么重要了。她想，也许自己本身就是个薄情的女子，又或许本来就没那么撕心裂肺吧。

四

与余柔相聚后，除了偶尔回想起过往时有些许哀愁，许小小渐渐忘了分手的痛苦，何况现实也不肯给她时间自怨自艾，打起十二分力气，她依旧是外人眼中那个精明能干、水火不侵的许小小。

渐渐地，她习惯了下班后不再煲电话粥，习惯了没有"小许"在身边嬉闹，习惯了回到一个人的生活。时间是治愈一切痛苦的良药，许小小深有体会。

"喂，你好，许小姐吗？我是李峰，小许病了，一直不肯吃饭，你能来看一下吗？"李峰打来电话时，语气有些急切。

"好的，我马上赶过来。"她没有一丝犹豫。

许小小匆忙赶到宠物医院，只见"小许"有气无力地趴在桌子上，连呼吸都有些困难。她鼻子一阵发酸，对着李峰劈头就是一顿质问："不是让你好好照顾小许吗，你到底怎么回事儿？你要是照顾不好小许,就把它还给我吧,钱我双倍还你!"

李峰扶了扶眼镜,有些不好意思地说:"我也没想到小许会得流感,是我没照顾好它,等小许病好了,你就带它回去吧。"

见李峰认错态度良好,许小小也不好再说什么,转身去了医生那儿:"医生,小许没事儿吧?"

"哦,没事儿,只是普通流感,打几针就会好的。"医生说。

许小小听完医生的话,松了一口气,伸手摸着"小许"说:"小许乖,听话,打了针就好了。"

"小许"有气无力地冲着李峰叫了两声,李峰见状抱过"小许",任由它在自己怀里睡去。许小小瞬间觉得自己是自作自受,当初是自己抛弃了"小许",现在"小许"不认她,也算是报应。

"小许先在我家养几天,等它病好了,我再打电话给你。"李峰说,"你放心,我从你这里带走的是健康的小许,也一定会还你一个健康的小许。"

许小小本想说"不用了",但话到口边又咽回去了。无法否认,她是想要再抱抱它的:"那……谢谢你了。"

许小小不知道,自己是想感谢李峰还回"小许",还是想谢谢他把"小许"照顾得这么好。

五

李峰是个守信用的人。一周后,他给许小小打电话说,不用她给双倍的钱,就可以带回"小许"。

"我还是把钱给你吧。"许小小有点儿不好意思。

李峰笑了笑:"真的不用,说实话,我蛮喜欢小许的,也挺舍不得把它还给你的。但是,我觉得小许更需要你。"

"我……"

"没事儿,喜欢狗狗的人都是一样的心情,我想,之前你将小许送走,一定有自己的原因,我看得出来,你对它是真心实意的。我相信,小许在你那里也能过得很快乐。不过我希望你能允许我去看它,毕竟我跟它也有感情了。"李峰爱抚着"小许",一字一句说得很认真。

"谢谢!"除了谢谢,许小小不知道还能说些什么。

"来,小许,我们告个别吧,你要回原来的家了。"李峰双手捧着"小许"温柔地说。

许小小伸手去接"小许",却见它不停地扭动着身体往后缩,那带着防备和彷徨的眼神,像一根针,狠狠地戳中了她的心脏。果然,有些东西一旦失去,就很难再找回来了。

"算了,小许还是跟着你吧,我工作忙,也没什么时间照顾它。只要每周让我见它一次就好了。"

"没关系的,我并不介意的。"李峰说得很诚恳。

"不用了,小许已经告诉我答案了,比起我,它更想和你在一起。"许小小的语气有些落寞,却不得不承认这个事实。

"那好吧,我工作比较自由,如果你想小许了,可以随时打电话给我。"李峰没再坚持,"哦,对了,有个东西送给你。"

他从随身的双肩包里拿出一些画:"这是我给小许画的,你要是想它又不方便过来的话,可以看看这个。"

许小小打开画,呆萌的"小许"扑面而来,憨态可掬,灵动鲜活,像是可以从纸上扑进她怀里。

"谢谢。"

六

一年后的一天,许小小给范文静、张若娇、余柔三人打电话,告诉她们无论如何都一定要来。

"公司的市值最近暴涨,姐姐我忙得不得了,要不是小小你请,一般人可都约不到我呢!"范文静推门而入,一脸意气风发的模样。

"是是是,范大小姐,感谢您能在百忙之中赏脸光临。"许小小嬉笑着将范文静摁到椅子上。

"我说小小,你这么神秘地把我们都叫过来,到底有啥事儿啊?"范文静问。

话音未落,张若娇和余柔推门而入,两个人也是一脸好奇,说今天许小小要是不给个合理的解释,绝对不饶她。

"没什么事儿,就是想你们了呗!"许小小还是不公布答案。

"你个坑货,我还要赶稿子呢,没事儿你把我叫出来!"余柔嘟着嘴不乐意了。

"是啊,姐姐我最近忙着谈一个大项目,有事儿赶紧说,没事儿我撤了啊。"张若娇也跟着说。

"行啦,咱都别装了,今天叫你们来,就是想放松一下,顺便给你们介绍一个人。"

"哇!小许!"听见推门声,余柔转过头,立马叫了起来。

来人见有陌生人在,有些不好意思地站在那里。

范文静和张若娇看出了什么,一脸戏谑地调侃道:"哟!这位帅哥是谁呀?小小,你认识吗?"

"哦,认识啊。"许小小微微昂着头。

余柔坏笑道:"哦,原来是小许的男仆啊!就是不知道这个'小许',是此小许呢还是彼小许呢?"

"大家好,我是小小的男朋友,李峰。"李峰大方地回应。

"哎哟喂!小小,你可以啊,不声不响就捞了个大帅哥,也不跟姐妹们通个气儿,不厚道啊。"三人揶揄道。

七

许小小觉得人生真的很奇妙,自己整日像陀螺一样不停地旋转,经过孤独、失恋、痛苦,曾以为会和陈智相携白首,却因为"小许"认识了李峰。

那天，李峰给她打电话，问她想不想见"小许"。彼时她因为工作失误被老板辞退，心里正难过，就这么红着眼睛去了李峰那儿，两个人一直聊到很晚。

李峰说："小许还缺个女仆，你愿意和我这个男仆配成一对儿，一起照顾她吗？"

许小小答应了。

"哇，要不要这么浪漫？"余柔惊呼，"太棒了！我又有新的小说素材了，哈哈！"

"其实，今天叫你们过来，除了介绍李峰给你们认识之外，是真的想和你们坐在一起聊聊天。"许小小看着几位姐妹，"自从来到北京，我们每天都戴着美丽的面具，努力坚强地生活，可是有时候真的好累。没人说软弱是种罪过，找个喜欢的人分担苦乐，未尝不是一件好事。"

"讲得这么煽情，你这是要秀恩爱的节奏吗？"范文静笑得温柔。

"不是啦……"

"我看就是！"三姐妹异口同声。

好吧，许小小举手投降。她知道，大家都懂。其实不需要她说太多，都是好女孩儿，上帝怎么忍心让她们不幸福呢？

宅系少女的恋爱物语

陈曲曲没想到,叶臣竟然向她求婚了。

"会不会……有些太着急了?"

"不会呀,就像我们在游戏里结婚一样,举办一个仪式,然后一起打怪、升级、生宝宝、养宝宝。"

"真的就这么简单?"

"真的。曲曲,你不是说人生就是一场游戏吗?我们组队吧!"

一

陈曲曲的爱情真是一败涂地啊，不见有战争，不见有敌人，就彻彻底底地败掉了，而且是败给了自己。

陈曲曲是个宅女，一箱泡面可以过两周的那种宅。用她自己的话说："只要有动漫和泡面，男朋友什么的，完全不需要。"而现在，她却想狠狠地甩当时的自己一巴掌，是有多么狂妄无知，才能说出此等狂言。

想想现在，即将奔三，认识的姐妹都被招安了，唯独自己还在浪荡着，每次聚会大家都在那儿卿卿我我，只有她跟个傻缺似的，一个劲儿地狂吃……

哎！又不是火车，真是的。

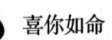

过了这么多年，陈曲曲才终于明白，原来男朋友这种生物，不一定是因为爱情才被需要，还有一种叫作生理的存在，最不济也是身份的象征。看看现在那些疯狂的妈妈们是如何称呼她这个年纪的单身狗的——黄金圣斗士。

于是，在二十九岁这一年，陈曲曲做了一个勇敢的决定——相亲。

说起相亲，也是一把鼻涕一把泪。

有个大腹便便的中年老男人想要第二春，本来她想着反正有钱，就凑合凑合过呗，顶多每个月配合着做做运动什么的，但让陈曲曲没想到的是，这老男人竟然嫌她年纪大，她直接把一杯咖啡泼到那无耻老男人的白色衬衣上，然后潇洒地转身跑掉了。

有个极其抠门的小气男，跟她一个大姑娘吃饭，还要AA制。AA也就算了，竟然带她去吃肯德基，一共就三十块钱。气得她掏出一张五十元甩在桌上，留下一句"剩下的当小费了"就立马走人。

……

还有好多，总而言之一句话：各种奇葩。

遭遇过各路奇葩的陈曲曲算是明白了，但凡是去相亲的，基本上都是歪瓜裂枣。想想也是，要是优质精英男，恐怕早就被那些疯狂的女人们给霸占了，怎么可能剩下。

落到现在这个地步，陈曲曲怨不得别人，都是自己作的。上学那会儿，她是一个品学兼优的好学生，十分相信老师的话。老师说"早恋是恶魔，是学生的天敌"，她天真地相信了，并以此为信条。

以陈曲曲的长相和学习成绩，自然吸引着各路男生的目光，还收到过好多男生的情书，但作为老师的虔诚信徒，她第一时间将这些情书交给了老师。更过分的是，她仗着自己文笔不错，还写了一篇《大字报：身为学生，你为何要早恋》的文章。

一大拨男生被老师批评不说，搞得很多女生对她也有怨言，陈曲曲却丝毫没觉得不妥，甚至还得意扬扬地跟人辩论："我们是学生，学生的任务就是学习。如果你是来早恋的，那还不如不做学生的好。"

这言论一出，整个学校的学生都傻掉了，大家纷纷视陈曲曲为怪物，甚至有些男生公开发表言论，对曾经追过她表示十分后悔。

到了大学，身边的人集体进入发情期，学妹配学长，学姐配学弟，每个人都迫不及待地尝试着爱情的滋味。陈曲曲同学虽然已经意识到当初自己的话是多么荒谬，但仍然没有在爱情这件事情上做过任何努力，反而陷入了对二次元世界的疯狂热爱当中。

四年下来，陈曲曲的空闲时间基本上都用来宅在寝室里看动漫、看网络小说、玩游戏……浑浑噩噩。毕业后，随便找了份儿工作，闲暇时间，依旧是看动漫、看网络小说、玩游戏……不知不觉，已年近三十。

老妈从一开始偶尔提醒她要恋爱，到现在像个闹钟一样，每天准点催她相亲，一旦她稍有反弹，敏感的老妈就开始胡思乱想："曲曲，你为什么不找男朋友啊？你不会是拉拉吧？我说闺女啊，你可不能走上那条路啊，作为女人，还是要有个男人的。"

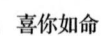

陈曲曲对此表示无可奈何，真不知道只有初中文化水平且常年生活在农村的老妈是从哪里听来"拉拉"这个时髦词汇的，反正她现在已经是头号嫌疑犯了。为了摆脱嫌疑，她只好进入疯狂相亲的状态。

唉……男人啊，没有你们真的不行吗？

二

小吴是与陈曲曲完全相反的女子，之所以用"女子"，是因为陈曲曲觉得在她身上有一种奇妙的味道。这种味道，被陈曲曲称为"恋爱的味道"，是她独有的风格。

在陈曲曲看来，但凡能形成自己风格的女性，都可称之为"女子"，而普通的女性，一生只有四个称呼：女孩、少女、妇女、老妪。

如今，陈曲曲正无奈地朝着妇女的方向滑落，而小吴却永远洋溢着恋爱的气息。有时候，陈曲曲真想将小吴解剖了，看看这个二十九岁的女人身上到底有什么不同，为何能够永远散发着青春的恋爱气息，就连双腿的缝隙也透着星光。

小吴叫吴笑笑，笑笑本来是个不错的名字，但加上她这个姓却有点儿坑爹。面对小吴永远青春靓丽的模样，陈曲曲也只能拿她的名字稍稍安慰自己：即便是完美如小吴这样的女子，也是有残缺的。自己也只不过是没有男人而已，可怕吗？不可怕吧！

说到残缺，一旦被人戳到，自然就会疼，即便不疼也会尴尬。陈曲曲的尴尬就是,每天小吴回家时,往往人未至声先到:"小曲,你又是一天没出去啊。"

这时候,陈曲曲就禁不住在心里哀号:为毛我要跟吴笑笑合租啊?简直是找虐嘛!

"嗯,啊。"陈曲曲看着动漫,一边吃着零食,一边随口应着。

"我说小曲……"小吴的话说得语重心长。

又来了!陈曲曲郁闷不已,配合地摘掉耳机,抢先一步说出了小吴要说的话:"我说小曲,你真的不能总待在家里啊,作为姐妹我心疼啊。你看看你,双眼无神、皮肤干燥、头发乱糟糟,哪里还有一点儿女人的样子啊。女人的青春能有几年,最美好的年纪,不能像你这样浪费……"

小吴一副怒其不争、哀其不幸的表情看着陈曲曲,从身后拿出一个黑色方便袋,没好气地说:"给,你的饭。"

陈曲曲立刻换上讨好的表情,谄媚地笑着说:"小吴你真好,简直就是我可爱的小雏田。"

"懒得理你,你就自甘堕落吧。"小吴摇头叹气,躺到自己的床上,拿出手机,不一会儿,就咯咯地笑几声,时不时就肉麻地对着手机说"我也爱你"。

看着小吴一脸幸福荡漾,陈曲曲说:"小吴,你不要这么肉麻好不好?我鸡皮疙瘩都掉了一地了。"

"你不懂,这叫爱的滋养。"

"切，我看是爱的止痒吧。"陈曲曲不屑。

"唉，我说小曲，要不我给你介绍个男朋友吧。"小吴放下手机。

陈曲曲没什么情绪，耷拉着脑袋，说："好啊，不过不允许介绍你前男友，我可不想捡你的剩饭吃。"

"我前男友怎么了？那可都是优质男！"小吴争辩道。

这也是小吴的毛病之一，特别喜欢给前男友介绍女朋友，往往介绍的都是自己的闺蜜，不说别人，陈曲曲就被她介绍了好几次。

要说小吴换男友的速度，也真可谓是日新月异，不是她花心，而是很多男人都被她的"乖巧"给吓跑了。

小吴长得好看，童颜巨乳，说话声音像志玲姐姐，男士们往往一听到她的声音就酥了，根本不想别的，上来就直接表白爱意。小吴虽然不至于来者不拒，但只要她单身，只要有个男士说"吴笑笑，我的人生非你不可"，且这个男士颜值能达到帅哥水准，小吴就会立马沦陷。没办法，小吴有玛丽苏女主情结！

那些男人本来觉得，像小吴这么漂亮的女孩被自己追到是一件很爽的事情，却不料小吴是个正能量爆棚的女子，每个跟她谈恋爱的男士，基本上都会被她的碎碎念给吓到，什么努力啊、理想啊、人生啊、奋斗啊……一讲一大通。男人嘛，想追女人，自然口口声声说好，说话知趣、浓情蜜意，总该到采摘果实了吧，这时候人家小吴不干了，说什么"当你真正成为我想象中的真命天子时，我一定会全身心付与"。

因此，小吴在女性朋友圈里很不受待见，有说她不检点的，有说她狐狸精的，又有说她玩儿男人的……陈曲曲知道，其实小吴就是一个单纯爱幻想的小女人，就像紫霞仙子相信自己的男人会驾着七彩祥云来娶她那样。只不过，小吴在寻找真命天子的路上，采用了排除法。

"我说小吴，你这一个又一个地说'我爱你'，等哪天你遇到真命天子了，会不会心有愧疚啊？"陈曲曲打趣说。

小吴满不在乎："有什么好愧疚的？一千句'我爱你'也抵不过一个真心的眼神。再说了，这年头，'我爱你'跟'你好'几乎是同义词。"

陈曲曲呵呵了："你真大方，这样跟人打招呼。"

"要不然怎么能以最快速度找到我的真命天子呢？"小吴憧憬着，"你想想，当有一天，他出现在我的面前，我告诉他：'我拍过千万人的肩膀，才找到命中注定的你。'多么唯美，多么浪漫啊！"

"为什么要拍人家肩膀啊？"陈曲曲问得不解风情。

小吴无奈地瞪眼："你在街上看到一个疑似熟悉的人，难道不会拍一下他的肩膀，说一句'嗨'？"

"不会啊，我又不上街。"陈曲曲耸肩。

"你呀，活该单身。"小吴恶狠狠地说。

"单身就单身呗，总比你这样像一只发情的小母狗，在男人堆里嗅来嗅去的好。"陈曲曲犀利反击。

"我要杀了你，陈曲曲！"

看着小吴凶悍的可爱模样，陈曲曲乐了，逗她说："来呀，互相伤害呀！"

小吴的气势瞬间泄掉，颓丧地说："小曲，你说，找个真爱，真的那么难吗？"

陈曲曲没好气地回答："你刚才不还跟人说'我爱你'吗？"

小吴摆摆手："他已经跟我说分手了，说永远成不了我希望的真命天子的模样。"

陈曲曲看了她一眼，没有说话。所谓爱情，并不是你想要什么样就会是什么样。

三

小吴又恋爱了，距她再次失恋还有三天。陈曲曲掰着手指头恶意地盘算着。

然而到了第三天，小吴却悄悄地对陈曲曲说："小曲，我的第一次交出去了。"

陈曲曲一下子懵了，从小到大，小吴名义上和实际上的男朋友，没有一百也有八十了，她从来都没有逾越一步，怎么这个新男友刚处了没几天，就交代了呢？

"是不是有意外发生？"陈曲曲关心地问，与此同时，她的脑袋里已经给出了千儿八百个答案，下药、胁迫、灌酒、恐吓……

"没有，我觉得我找到真爱了。"小吴有些害羞。

"真的？"

"真的。"

"那恭喜你呀，祝你幸福。"陈曲曲激动地抱住小吴。她不怎么担心小吴被骗，虽然她看上去小小的弱弱的，好像中学生模样，但实际上，小吴情商很高，要不然也不会那么多男生追她，却从没有人得到过她，最恐怖的是，这些人最终都成了小吴交情不错的朋友。

陈曲曲想，看来这回小吴是遇到真爱了。旋即又有些黯然，小吴这么高要求、高品位的姑娘都找到真命天子了，而我的男人，你又身在何处呢？

想想还要去相亲，陈曲曲就一阵头皮发麻，老妈絮絮叨叨的话语比和尚念经的段数还多，余音绕梁，从来不绝，甚至让她觉得，耳朵里是不是进苍蝇了，一天到晚都在嗡嗡地叫。

尽管心里不情愿，但她还是拾掇拾掇前去赴约，因为她也想找个还凑合的男人，就这么凑合组队刷怪得了。

人生这款游戏太艰难，一个人承受不来啊……

约会的地点在一家漫咖啡，装修简约，格调优雅，环境也不错。这种咖啡馆陈曲曲常来，虽然不高端，却很有自己的风格，比较适合穷人装品位，像陈曲曲这样经常需要约客户聊 IP 的，基本上都约在咖啡馆。

位置在一个靠窗的角落，安静、独立空间、光线明亮。陈曲曲第

喜你如命

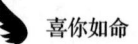

一时间就看到了那个男人，牛仔裤、白衬衣、休闲鞋，齐整的短发、浓眉大眼、脸微黑，此时正靠着沙发，看着窗外。

似乎是个还凑合的男人。

"嗨，你好，我是陈曲曲。"

"叶臣！"男人说话很简洁，"喝点儿什么？"

"卡布奇诺。"

说完，陈曲曲也不管叶臣，就自顾自地掏出手机看起了动漫。

服务员将咖啡端上来时，陈曲曲才意识到自己有些不礼貌，很不好意思地冲叶臣笑了笑："不好意思，火影更新了，情不自禁……"

令陈曲曲没想到的是，叶臣的眼睛瞬间就亮了，语气惊喜地说："你也看火影啊。"

"是啊，我比较喜欢看动漫，所以家里人老说我没长大，呵呵。"陈曲曲有些扭捏地说。

"同命人啊！我也喜欢玩儿游戏看动漫，来之前，老妈给了我一个老式手机，就是怕我玩儿。"叶臣表情奇怪地笑着，从兜里拿出一个老式的诺基亚手机。

"哈哈哈……"

聊到游戏和动漫，陈曲曲不由地打开了话匣子，两个人从日漫聊到国漫，从魔兽聊到 LOL……

不知不觉地聊了很久，看到时间有些晚，陈曲曲才意犹未尽地止住了话题。

与以往的相亲不同，陈曲曲似乎觉得心里多了一些东西，不是爱情，而是一种同类人的认同感，她也说不好这是一种什么感觉，就好像儿时躺在山坡上，听着风吹过树林时的闲适惬意。

四

"小吴，你说爱情到底是什么样子呢？"陈曲曲还是决定问问恋爱少女吴笑笑。

"我也有些搞不懂了，唉！"小吴唉声叹气地说，"我刚认识谢欧巴，就把珍藏了二十多年的身体交给了他，但现在又感觉他不怎么爱我了。"

"他不是你的理想型吗？"陈曲曲不解地问。

"是啊，可是……我又觉得他很遥远。小曲，你知道吗？他真的就好像驾着七彩祥云而来的真命天子，但我又怕他随时驾着七彩祥云而去，那样，我就追不上他了。"小吴歪着脑袋说得一脸哀怨。

"好难啊，你都弄不懂，我就更没戏了。"陈曲曲无奈地摊手。

"曲曲，你跟叶公子处的怎么样啊？"

陈曲曲嘟着嘴巴，想了想，说："我也说不上来，跟他蛮聊得来的，爱好也差不多，但我们每次约会都在网吧，一起玩儿游戏、一起看动漫……但是，一想到未来在一起总干这种事情也不合适啊。你想想，如果我们结婚了，有宝宝了，日子没法过啊。"

"唉，真愁人。"小吴又叹了口气。

好在陈曲曲虽然是个多愁善感的宅系少女，却不会对一件事情纠结太久，很快她就放任自我了。和叶臣约会的时候，玩游戏、看动漫，自己宅着的时候，看动漫、玩游戏，日子过得也算惬意。

最爽的是，老妈打电话过来时再也不催她找男朋友了，每次都是满口的支持，说什么不能让男孩子多花钱什么的，反正，陈曲曲过上了有生以来最自由自在的生活，每天都能做自己喜欢的事情。

五

"好景不长"真是个魔咒般的成语啊！

陈曲曲一阵哀叹。本来想着自己就这么优哉游哉地过着，一切顺其自然，却没想到叶臣竟然向她求婚了。

"会不会……有些太着急了？"陈曲曲问得小心翼翼。

叶臣笑容灿烂："不会呀，就像我们在游戏里结婚一样，举办一个仪式，然后一起打怪、升级、生宝宝、养宝宝。"

"真的就这么简单？"

"真的。曲曲，你不是说人生就是一场游戏吗？我们组队吧！"叶臣的热情让陈曲曲有点儿招架不住。

"我可以想想吗？"陈曲曲说，"我准备得还不够好。"

"嗯，也好，不过要快哦，我就给你三秒的时间吧。"叶臣点头笑着说,"一二三,我爱你。"

还未待陈曲曲反应过来,叶臣又说:"好,三秒已到,陈曲曲您好,您的好友叶臣向您发出结婚邀请,您是否同意?"

陈曲曲纠结了,她确实蛮喜欢跟叶臣在一起的,可是……结婚,这个事情太复杂,一时半会儿理不清呀。

怎么办?怎么办?要是小吴在就好了。

陈曲曲在心里默念着,还未待她开口,叶臣就来了个突然袭击,一把抱住她,竟然……竟然还吻住了她。

唉,完蛋了!就这样认命吧!

直到回到住处,陈曲曲的脑袋都是昏昏沉沉的,她甚至不知道自己是怎么跟叶臣告别的,脑子里只有他的那个吻,有一种说不上来的奇妙感。

算了,不想了,反正已经这样了。想着想着,陈曲曲就迷迷糊糊地睡着了。

"喂,曲曲,你醒醒。"

陈曲曲睡眼惺忪地睁开眼睛,看到小吴一脸关切的模样:"哎呀,我竟然睡着了。"

"怎么了?发烧了吗?"小吴伸手摸了摸自己的脑袋,又摸了摸陈曲曲的脑袋,嘀咕着,"没有啊,怎么看你精神状态很差呢?"

"他向我求婚了。"

"啊!真的啊!你答应了没?一定是答应了,对吧?"小吴惊喜地

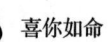

叫道,好像被求婚的是她一样。

"嗯,算是答应了吧,我也不知道。"陈曲曲有些沮丧,想起自己的表现觉得很丢脸,她曾无数次幻想过别人向她求婚的场景,但怎么也没想到会是这样。

"那你什么时候结婚?"

"不知道。我全程迷糊……"

"唉,真好,曲曲我真羡慕你。"小吴坐下来,靠在陈曲曲身边说,"其实,我今天心情很不好,我和谢欧巴分手了。"

"为什么呢?他不是你的本命吗?"

"是啊,但我似乎不是他的本命。"

"好复杂……"陈曲曲翻身抱了抱小吴,语气有些忧伤,"小吴,你说,我们未来会过得好吗?"

"一定会的,毕竟我们都是这么好的姑娘。"

六

陈曲曲结婚那天,小吴没来,只给她发了一个祝福信息。

婚礼上,叶臣阳光帅气,陈曲曲漂亮温婉,两个人在亲人朋友的祝福之中步入了婚姻殿堂。但陈曲曲却谈不上多开心,脑子里总浮现着小吴跟她说的话。

"曲曲,我们一定要和本命结婚,不然未来会后悔一辈子的。你的婚礼，我可能去不了了，我想我遇到了我真正的本命，我要和他去追求我们的爱情了。"

"曲曲，你知道吗？我曾那么多次主动追求爱情，都没有像这次这样内心平静。现在我才明白，真正的爱情，并不是你初见他时心脏跳动得多快，而是跟他在一起时心里真正感觉到的平淡舒适，这种感觉就像当你累了躺进沙发里一样。"

小吴和谢欧巴分手后，遇到了一个民谣歌手，没什么名气，没什么钱，却很温柔。小吴对他表白时，他说："小吴，我跟你并不合适，我只是一个流浪者，你跟着我要吃苦的。"

"我不怕。"小吴说。

"那我也不带你，你应该有更好的生活。"

"管你呢，反正我会跟着你。"

民谣歌手头天夜里坐火车跑了，小吴第二天早上就直接买机票飞去丽江，那是那个民谣歌手一直想去的地方。

"怎么了，曲曲，不舒服吗？"叶臣见陈曲曲神情有些疲倦，轻轻地摸了摸她的脑袋。

"没什么，就是想到小吴了。"

"嗯，她应该找到那个人了吧。"

"或许吧。"

"曲曲！"叶臣又叫她的名字。

"嗯？"陈曲曲看着他，一本正经的模样。

"哈哈哈！"叶臣突然笑了起来，搞怪地说，"我们组队成功啦，以后这队伍就不解散了哈。"

"傻样儿！"

"反正我是不会解散队伍的。"

"我也不会！"

给不了的爱情和未完成的理想

他对她说,他们要一起在这个城市里,生根、发芽、成长,直到可以为他们未来的孩子撑起一片荫凉。

他对她说,他会在文化行业里留下自己的名字,是熠熠生辉的那种,他要成为最好的出版人。

他对她说过的太多太多,如今才几年,他竟不敢对她说一句"我们结婚吧"!

"老陈,拿这么便宜的戒指就想向我求婚啊!没门儿。"

"别啊!媳妇儿,哥哥会努力的……"

一

从来没有做出一本畅销书，这是现实。

讨好地给陈年斟酒的是一个新人作家，虽然刚涉足写作行业，但已展现出非凡的才华，离奇的脑洞、精巧的布局、幽默的文字，无一不在向陈年昭示着，这是一个极具畅销潜质的作家。

喝酒的地方是一个露天大排档。在夏天的北京，出版行业的底层从业者多数喜欢这样的地方，除了便宜，还能隐约捕捉到一种繁华之中的市井、喧嚣之中的孤独、卑微之中的热血等种种因子杂糅的复杂情绪。这不是一种特别好的情绪，但在现实冷酷和文艺之心直面冲撞的猛烈时刻，搞文化的人总能找到一个貌似体面的理由完美翻身。

"陈老师，新书就拜托您了。"

"放心,肯定没问题,你的稿子我看过,有很大的畅销潜质。"

"那么,陈老师,您多费心了。"

陈年看着新人作家投射过来清澈又炙热的眼神,忽然觉得一身疲惫,他将目光移到不远处,城市里的繁华盛景梦幻精美得好似漫画一样。

会不会再次辜负别人的期待啊!

从业十年,多少次信誓旦旦地对作者说过没问题,肯定会红,最后,却都被发行拿过来的冰冷数字狠狠地撕掉他用全身力气包裹着的信心。

一开始,陈年相信很多前辈说的是对的,编辑这行需要沉淀,时间久了,眼光自然练得老辣,做出畅销书是必然的事情。可看着刚入行的新人一次次以惊人的才华做出一本本畅销书,他才恍然大悟,原来做编辑也需要天分。

这些年,他无可阻挡地朝着一个平庸编辑的命运滑去,脑子里也再想不出什么生动华丽而有煽动性的词语了。有很长一段时间,陈年甚至萌生了借鉴他人宣传语的想法。像他这样混迹出版圈十多年的老油条,自然对一些套路极为熟悉,可以不着痕迹地将同行的优秀文案转换成自己的,并轻易获得上司的认可。但这种和剽窃毫无区别的行为,一旦做了,恐怕就真的与畅销书无缘了,说不定还会有同行在背后耻笑:那家伙就是一个只知道跟风的编辑。

"陈老师,稿子我只能写成这个样子了,剩下的就拜托您啦。"

"放心吧。"

陈年说得肯定,却似乎耗尽了所有的力气,浓浓的疲倦感再度袭来,遍布全身,虚弱、瘫软。编辑这个行业的沉重之处,就在于永远背负着别人的信任,一个又一个纯净的理想便是一个又一个包袱,压得人喘不过气来。

陈年有些后悔自己从事这个行业,尽管当初放弃了能够获得更好、更轻松的工作,但仅凭一腔热血决心做一个好编辑,现在看来,是太高看自己了。总得活下去吧!

告别殷殷期盼的新人作家后,陈年走在深夜仍然人流涌动的通州街头,不知什么时候点着的香烟,在他的指间忽明忽灭。

"这次一定拼尽全力!"像是给自己打气,又像是赌气,陈年狠狠地抽了一口烟,脱口说道。说完又觉得特别气馁,觉得这话很是讽刺,只有不如意的人才需要这般幼稚地打气吧。

不然,怎么办呢?好像做什么都于事无补……

他愈发地觉得世事维艰,想要得到的、迫切要实现的,往往都不可得。这大约就是生而为人的窘迫吧。

穿过密密匝匝的大排档、小吃摊、速食推车,他看到一片昏黄的灯火,在深邃的黑夜里无精打采地闪烁着。

陈年住在地处偏僻的郊区,不管城市的灯火多么迷幻,他终究还是要回到破旧、衰败的黑黢黢的出租屋里。这并不是令人绝望的境遇,毕竟那么多人都如此过活。踏进楼梯口的时候,陈年狠狠地咳嗽了一声，昏昏的灯光并没如所想那般亮起，眼前仍是一片漆黑。

正如命运一般，越是想要些许灯火让灵魂觉得安心，却越是会遭遇看不见前路的黑暗。

二

推开房门，眼前并不是明亮的灯光，而是昏白的节能灯泡发出的冷光。陈年有些怀念用白炽灯的日子，一百瓦的灯泡像小太阳一样，能将整个房间都注满温暖的光。

"回来啦？"

打招呼的是陈年的女朋友谢菲菲。此刻，她正戴着耳机坐在电脑前，打完招呼后，又面向电脑屏幕，唱起歌来。是《八连杀》，一首莫名其妙的歌。

陈年拖着步子，小心翼翼地拉起帘子，转身走进卫生间。身上太腻了，他想洗个澡，但女朋友正在做直播，他只好蹑手蹑脚地做着这一切。

陈年没有开淋浴，只是一件件地脱掉衣服，打开水龙头，打湿毛巾，一点一点地擦拭着身体。他很想痛痛快快地冲个淋浴，但条件不允许，房间太小，一旦他开了淋浴，稀里哗啦的流水声就会通过麦克风传到那些正在看直播的人们的耳朵里，接着是可以想象到的污言秽语。

他曾劝谢菲菲放弃直播。那天，她跟他说了一大堆话，他什么也没听清，除了那一句"你又赚不到钱，而我想红"。总而言之，陈年放弃了劝说。

她说这句话时，声音一点儿不温柔。不知道从什么时候开始，谢菲菲跟陈年说话都不再温柔，她说："每天直播三四个小时，所有矫情的甜言蜜语，说的都想吐了。在现实里，想让你哄我。"

想到这里，陈年突然一阵泛呕，不知是喝多了还是为什么，这混蛋的大脑为什么会想这么混蛋的逻辑啊？

谢菲菲像个高级小姐一样，卖艺卖笑，讨好那些有钱的金主，而自己却要哄着她，让她开心，并和她度过余生。这真是混蛋的想法。陈年很清楚，房租多数时候还是靠她掏钱，包括他们偶尔去吃的大餐，尽管陈年从来没想去吃过，但终究是吃了。

擦拭完身体，陈年又悉悉索索地将脏衣服穿好，拖着拖鞋，走到玄关处。那里有一张小沙发椅，像往常一样，他坐在那里，有时看书，有时看谢菲菲。看书的时候，心不在焉；看女朋友的时候，心里难受，她总是在扭动身体，很性感，却不是给他看的。

有时候陈年也会劝自己，那些舞蹈演员、歌手，不也是在舞台上舞动身体吗？谢菲菲的性质和他们是一样的，可不知为什么，他总是说服不了自己。陈年觉得自己太过矫情，很想将这些情绪发泄出来，比如用文字，但他却没什么写作才能。

瘫坐在沙发椅里，他想：一个没有才华的人，偏有一颗敏感的心，这是相当可怕的，堆积在心口的块垒，寻不到能让自己恣意解脱的途径，只能让人更加积郁。或许，有才华的敏感之人更可怕吧，淋漓尽致地宣泄后，唯留空落落的躯壳，灵魂都随着文字、音乐等形式到处流浪去了。

所以，还是面对现实的好，就这么过着……

想着，又是一阵气馁，回来之前还在不断给自己打着鸡血，才没多久又变成这样了……

三

差不多到深夜一点，谢菲菲才结束直播。放下耳机的那一刹那，她瘫倒在椅子上，神情倦怠，眼神空洞地盯着墙壁，一言不发。这种情况出现好多次了，每次陈年都会默默地走到她身边，轻轻地为她捏着肩膀，帮她消除疲倦。

今天，也是如此。谢菲菲却推开他的手，转过身，目光幽幽地看着他。

"怎么了？"陈年摸了摸她的头，手指穿过她柔顺的长发，直达头皮，触摸到的是一片湿热，"累了吧，去洗个澡吧，以后直播的时间尽量短一些吧，你这样消耗太大了。"

"嗯。"谢菲菲低声应答，然后起身，一件件脱掉外衣。她的身材真好，玲珑有致。接着，是一阵淋浴的水声，哗哗啦啦，像雨声。

平常，陈年会死皮赖脸地凑过去和她一起洗，并用身体摩擦着她的身体，但今天他却没什么精神，谢菲菲好像也没这个意思，因为有时候她会叫他，但今天没有。

洗漱完毕后，谢菲菲穿着薄薄的睡衣走了出来，用毛巾擦拭着湿漉漉的头发。出水芙蓉，更堪清如许。谢菲菲长得漂亮，身材也很好，她是陈年的女神，从高中的时候就是。

那时的陈年，还是个意气风发的少年，是那个乡镇高中里备受瞩目的才子，写着矫情的诗歌和造作的散文。谢菲菲就是被他用那些空洞、毫无意义的华丽辞藻堆砌的一百多封情书，俘获了芳心。那时的才子佳人，现在看来，却是屌丝与女神。

毕业后，谢菲菲出落得越发漂亮，她这种类型的女生特别奇怪，即便是百十来块的衣服，也能穿得气质出尘。

而陈年恰好相反，就算掏空了腰包，穿上名贵华服，却还是一副落魄模样，就像《Hello，树先生》里面的树，即便戴上了金丝边的眼镜，依旧没有文化人的气质。

"我帮你吹头发吧。"陈年起身从梳妆台上拿起了吹风机。

"嗯。"谢菲菲低哼一声，走到她直播时坐的椅子上，微微靠着，闭上了眼睛。

陈年一手轻轻抖动着她的头发，一手拿吹风机吹着，她洗过后的头发带着清香，柔软得似乎轻轻地飘着。

不一会儿，谢菲菲就靠着椅子睡着了，陈年将吹风机调低了一挡，声音小了一些，衬得房间里越显寂静。

"吹好了，到床上睡吧。"陈年推了推谢菲菲，见她没有醒，他叹了口气，将吹风机放在电脑桌上，弯腰将她抱了起来。

刚走两步，谢菲菲突然睁开眼睛，看着他，搂住他的脖子亲了他一下，柔声说："我爱你。"

四

清晨醒来，谢菲菲还在沉睡，陈年在她的额头上亲吻了一下，便快速地起床洗漱，然后投身到上班大潮当中。

一路上，汹涌的人群推着他前行，推着他过安检，推着他上了地铁，然后又将他推出地铁站。直到来到公司，身边才显得宽敞一些，即便是相对而言，但至少有两个多立方的地方是他的独有空间。

今天的主要任务，是将昨天新人作家的稿子看完。这确实是一部不可多得的好稿子，情节紧凑，故事高潮不断，一个又一个紧张而刺激的悬念被抛出，又在解开的时候留下新的悬念。最难得的是，新人作家以屈原的《天问》为引线，使整个故事在立意与文化内涵上，提升了一个高度。

《催眠师：楚辞密码》！陈年突然想到一个好书名，觉得特别适合这本书。瞬间，脑子异常好用，连封面文案都快速地出来了，"连环命案，皆出楚辞，隐藏于万古奇作中的杀戮与阴谋"。

刚做完这一切，QQ闪了起来，一个出过多本书的作家，上来就发来一个叹气的表情。这是陈年比较欣赏的一个作家，写作水准算上等，且极具个人特色，但不擅长自我营销，因此每部作品都是不温不火。

"我写了本新书，创意绝对棒，能不能红，就看这本书了。"

陈年看到这句熟悉的话，刚刚的兴奋一扫而尽，正如他多次跟作家们说过"一定红"一样，这位作家兄弟，也说过很多次"这本书就是我的代表作"，可最终，都没能如愿。

"或许，是命运吧。你看很多人写的还没我好，都大红大紫了，而我却一直不温不火。说真的，我都开始相信命运了，不管我有多大的能力，都有一种强大的无形之力，在阻挠着我。"那次两人喝酒后，作家说。

"是啊，我也不太明白，工作以来，自问一直很努力，而且我也不觉得自己是个很笨的人，这么多年的打磨，就算是石头也磨成粉了吧。"

那天，陈年也相当沮丧，因为他一点一点地认识到，自己并不是海浪里的弄潮儿，只是觊列其间，毫不起眼的一个。

如今再次聊起来，陈年又变得忐忑起来，如果一个人运气一直很差，无论怎么努力，都得不到完美结局，是不是会影响到其他人？尤其是他这一行，一个作家将作品交到自己手中，结果影响到他们的理想的不是能力，而是运气，这是一件多么糟糕的事情！

"老陈，兄弟我就信你，这本书我还想交给你做，到时候，咱们兄弟一起红。"作家在这句话后面，加了一个励志的表情。

陈年很想给他一个肯定的答复，但看过稿子之后，又是一阵惆怅。新作比之前的作品都好，但题材比较偏，以他的经验，估计很难有好的市场反响。

"写的不错，我下周上选题会。"最终，他还是这样回复了。

五

一天工作下来，陈年觉得自己疲惫不堪，说不上是为什么，工作量并不大，却消耗了很大的心力。每个作家都对他这个老编辑投以信任，让他有些不堪重负，一个又一个理想的重量，压得他有些佝偻，不是身体，而是灵魂。

下班后，他没有立刻回家，而是靠在椅子上，闭目冥想。他仿佛看到了自己的灵魂像个八九十岁的老人一样，蹒跚在理想的道路上，终点似乎还很远，毕竟他的每一步，都挪得那么小。

当初入这一行，他怀抱着成为著名出版人的远大理想，他希望自己能和那些优秀的前辈一样，在文化行业里挥斥方遒，让一个又一个有潜力的作家成为畅销作家，成为文化名人……

陈年看着自己惨白的、失了血色的双手，没有每天辛苦劳作磨成的茧子，没有身处优越环境该有的柔软，这双僵硬的、苍白的、毫无特色的手，像极了那些游手好闲的手，简直让人无法直视！

看了看时间，陈年起身收拾好东西，打卡，下班，回家。

北京的黄昏，与他之前所见的黄昏都不太一样，是一种遮蔽的、毫不关心行人们的黄昏。夕阳从天际远道而来，却被高楼大厦挡住，就像快到目的地时却突然停住了脚步，虽也在行人的额头、肩膀投了些灿烂，但总觉得是清冷的、机械的……

陈年很喜欢黄昏，尤其喜欢夏季的黄昏。小时候，他常常到塘埂向着夕阳的斜坡上，将身体没在长草之中，透过疏落的草色，看夕阳如画。远处的池塘波光粼粼，偶有农人扛着锄头或铁锹走过，夕阳会将他们变幻成一个又一个移动的黑色小人。那时候的夕阳，是恪尽职守的，也是才华横溢的，它用金光，在天地之间，在水草丛中，在行人的额头，描绘着一幅又一幅风景画。

进入地铁站前，陈年最后看了一眼北京的黄昏，它已急匆匆地将黑夜拉出，天与地都是灰灰的，像燃烧殆尽的灰烬。等再出地铁站时，浓夜已至，璀璨的灯火冲破层层漆黑，光是从繁华之处的明亮辉煌，到郊区疏疏落落的昏黄，你便知自己在这城市中身处何方。

陈年买了一些吃食，都是谢菲菲喜欢的。想到她，陈年又是一阵不适，此时的她，正对着那些慕色而来的人们搔首弄姿吧。他觉得自己精神或许出了问题，直播是多么正常的事情啊，每天新闻都有大幅的报道，尤其是财经版。

现在是一个开放的社会，人们有权去做自己想做的事情，比如向陌生人展现自己的美丽。可他说服不了自己。

"矫情!"陈年低声骂了自己一句,可还是觉得不痛快,只能闷头前行。

打开门,令人意外的是,谢菲菲没有做直播。陈年愣了一下,而后觉得心里舒服了一些。

"今天还没开始啊?"他问。

谢菲菲神情慵懒,没有回答他的话,只将头轻轻地靠在椅背上。

"怎么了?生病了?"他放下手中的食物,着急地走过去,摸了摸她的额头。

"没有。"她的声音有些虚弱。

"那怎么了?"

"阿年,我想回家。"

陈年愕然,然后温柔地说:"想家了啊,等过两天,我陪你回家玩几天吧。"

"我想回家,不想待在北京了。"谢菲菲突然拔高了声音,却依然充满疲惫。

陈年顿了一下,蹲下身体,抓住谢菲菲的手,问:"是不是发生什么事情了?"

"没有。我妈……让我回家相亲。"谢菲菲有些忧伤。

"啊?"一时间,陈年没有反应过来,"那……那……我……"

"阿年!"谢菲菲缓缓坐正,目光炙热地看向陈年,"阿年,我们回家结婚吧!"

六

后来，谢菲菲再也没有提回老家结婚的事，依旧每天做直播，卖力地唱着歌，跳着舞。每当想起那时自己哑然的模样，陈年都会羞愧不已，他终究没有勇气给她一个肯定的答案，就像他不能给那些殷殷期待的作家们一个好的结果。

这一生走到现在，好像总是开场绚烂，落幕平淡。陈年害怕自己的爱情也是如此。他害怕有一天，爱人就会忽然消失在茫茫人海之中，再也寻不见。

陈年还记得刚到北京的时候，火车站里人潮涌动，他第一次体会到什么是"人山人海"。那天，他拉着谢菲菲的手从人海中穿过，第一次踏上地铁，一切都是那么新奇，就像理想中的世界。

他对她说，他们要一起在这个城市里，生根、发芽、成长，直到可以为他们未来的孩子撑起一片荫凉。

他对她说，他会在文化行业里留下自己的名字，是熠熠生辉的那种，他要成为最好的出版人。

……

他对她说过的太多太多，如今才几年，他竟不敢对她说一句"我们结婚吧"！

不知从什么时候开始，陈年觉得爱情是一件很糟糕的事情，尤其一想到结婚的繁复、凌乱，他找不到一丁点儿头绪。

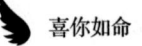

"老陈，这个样书，你看看，没问题的话，就开印吧。"印制的同事拿来一本样书，是那本《催眠师：楚辞密码》。书页泛着墨香，封皮上印着他写的文字，对作者、作品的溢美之词。

"应该没问题了。"他自言自语地说，"这次会畅销吧，菲菲，这样，我就会有一些钱了，然后，我们就回家结婚。"

检查完样书后，陈年给印制的同事发了信息，然后开始看稿子，是那个很有才华，写了好几本书却一直没红的作家的新书。

"或许这本书，也会有好的结果。"

七

谢菲菲还在做直播。她其实很讨厌现在的自己，表演专业毕业后，她本以为自己会成为明星，却没想初入行的自己只能到处跑龙套，好不容易有片方愿意给角色，却对她提出了身体需求。她是一个比较保守的姑娘，拒绝了这些机会，并对这个行业感到灰心。可除了那些稚嫩的表演，她什么都不会，直到后来，她做了一名女主播。

或许因为长得还可以，会唱一些歌，会跳一点儿舞，她的人气越来越高，每天都有一些人打赏，而她要捏着嗓子，对他们用撒娇的语气说："谢谢欧巴！"有的时候，她还会故意露出一些肌肤，让那些寂寞无聊的看客们兴奋一下，而这，就是所谓的福利。她觉得自己越来越像一个小姐，越来越庸俗，最可怕的是，她越来越适应这一行。

但最近,谢菲菲有些扛不住了。有一些金主提出要包养她,她拒绝了,却仍然和那些人保持着暧昧,尽管是在虚拟世界,可她开始讨厌这样的自己。所以,她想回家,就算过着穷日子,但心里踏实。

每天结束直播后,她疯狂地向陈年索取,她害怕突然有一天,她拼尽一切却没了未来。

当陈年疲倦地回到家中,她立马关掉直播,狠狠地抱住他:"吻我!"

陈年回应着她的热吻,心里的忧愁也渐渐融化,像一阵风吹散了雾霾。她是他的挚爱,从高中到现在,十几年的时光,她早已成为他身体的一部分,她的吻,怎能不让他柔软?

"菲菲,再等半年,如果还没有希望,我们就回家结婚吧!"他所能赌的就只有那两本书,若如他所想,他或许会有一些收入,至少会带来一些希望,就算回老家,也不至于太拮据。

"好!我等你!"

八

生活的奇妙之处就在于,当你快要绝望的时候,只要有零星的灯火,就能唤起生的欲望。

陈年心中的灯火,就是那两本书。从业以来,他做过许许多多形形色色的书,唯一的相同点,就是都没有火。他就靠着这些让老板还能赚一点儿小钱的书混到现在。

看了一眼穿着白衬衣向他走来的新人作家,不可否认,这是一个长得很帅的小伙子,双眼炯炯有神,透着年轻人特有的自信。或许,这也是一种加成吧!

图书行业这两年急剧变化,诞生了很多所谓的"小鲜肉"作家,他们俘获了大批女粉丝的芳心。看着他的模样,陈年忽然觉得,这样一个兼具颜值与才华的作家,或许能成!

很快,签售会就开始了,年轻的新人作家自信地与观众们交谈,举手投足尽是帅气潇洒,谈吐之间皆有锦绣佳句。陈年坐在台下静静地看着他的一举一动,忽然有些说不出来的难受。新人作家表现得好,他应该高兴才对,但他却觉得心里像有什么东西即将要涌出来。

陈年悄悄地走到书店外,找了一个角落,点了一支烟。他毫无形象地蹲在地上,看着水泥地上一只蚂蚁急匆匆地爬过,然后没头绪地乱转。那细小的身体在滚烫的水泥地上那么不显眼,但此时,他却想知道它要去哪里,要干些什么。

陈年的目光,紧紧地跟随着那个小家伙移动着脚步。这里没有掉落的米粒,也没有遗失的零食,在这光滑而贫瘠的水泥地上,它靠什么生存?

蚂蚁弓着身子,艰难却快速地爬过了一块特别小的石子,然后快速前进。它似乎没有目标,直到它从水泥地爬到了马路牙子旁边,陈年才发现,那里似乎有一个细小的缝隙,里面有一丁点儿碎屑,他不确定那是不是饼干碎屑,因为实在是太小了,跟灰尘差不多。

"陈哥,抽烟呢?"

陈年回过头,新人作家正站在阳光下对他笑得灿烂。

"嗯,烟瘾犯了,来抽两口。签售怎么样?"

"还成,两百多本。"

"不错呀!走,咱们去拍个照去。"说完,陈年搂住新人作家的肩膀。

离开之前,他又看了一眼小蚂蚁,它似乎正在用小爪子拨弄着细小碎屑上的灰尘,又似乎将它扛在了身上,朝着前方快速地爬着……

九

陈年拿了一笔奖金,不多,三千块钱。谢菲菲看着他拿在手中要递给她的钱,没来由地哭了。

"阿年,还有两个月,我们……要不就不回去了吧。"

"菲菲,听你的,只要和你在一起,做什么我都愿意。"

"我……我……"谢菲菲看着陈年,泪水打湿了她精致的脸庞。

陈年伸手擦拭着谢菲菲脸上的泪痕,轻轻地抱住她:"菲菲,相信我,会越来越好的。"

说这话的时候,他想到了阳光下那只在贫瘠之地寻找食物的小蚂蚁。

065

"嗯，我相信你。"谢菲菲点了点头，漂亮的眼睛里却是浓得化不开的忧伤，其实她想说"阿年，我们分手吧"，但她终究没有勇气将这句话说出口。十几年的感情，熬过了所有的青春岁月，他们已将彼此融入了自己的身体和灵魂。而仅仅是贫穷，就要将他们撕裂吗？

陈年感受到了谢菲菲的悲伤。从事文化行业的人，哪一个不是内心敏感的？哪怕只是一丁点儿细微的情绪波动，都很难被忽略。他很想对她说一句"别离开我"，可话到嘴边又咽下。类似的话，他已说得太多，现在，他想努力去实现他曾为她编织的梦，毕竟这一生，他喜欢的、深爱的、心疼的，就只有她一人。

那一夜，他和她都没怎么睡，就那么静静地互相依偎着，聊着他们从相识到相恋的点点滴滴，像在回顾，又像在告别……

这是一种糟糕的预感，在一切美好还没到来之前。

十

那天，谢菲菲给陈年打了个电话，说她要回家了，会在家里等他两个月。陈年只说了一个"好"字，连"等我"都没能说出口，他很想说，但没有勇气。

挂掉电话时，陈年又想到了那只蚂蚁，然后想到了自己，想到了理想，想到了谢菲菲。所有暂时给不了的爱情和未完成的理想，都要拼尽全力，才有可能实现，就像那只在荒芜之地寻找食物的蚂蚁。

谢菲菲离开的那段时间里，陈年每天都加班到很晚，绞尽脑汁地想着两本新书的宣传方案，用尽一切可能让这两本书能够表现得更好一些。拼尽所有力气去做吧，陈年想，就算失败，也是一种轰轰烈烈的告别！

很快，第一个月的销量反馈出来了，数据尚可，但离大红大紫还相去甚远。看着电脑屏幕上发行发来的图片，陈年忽然很想抽烟。终究，还是没能实现！等时间到了，就辞职回家吧，就算菲菲……

陈年不敢往下想，他不知道如果谢菲菲真的嫁给别人，自己会有怎样的反应，也许会很平淡，就像秋风吹过漫山的荒草。

那年，他和她的初吻，稚嫩生涩，在学校后面的小山坡上，荒草蔓芜……

十一

陈年还是选择了辞职，两个月期限已到，理想的最后赌注并没有实现。他想去找谢菲菲，哪怕只为了说一句"再见"。

离职申请递交上去后，老板没有答应他的辞职，而是给了他一个月的时间，还说如果想回来，所有的业绩还算他的。那天他跟老板聊了很多，关于理想、关于爱情、关于他来北京后的一切，他也不知道为什么要跟老板聊这么多。老板一直静静地听着，时不时地给他递上一支烟。

最后，老板对他说："兄弟，男人还是要拼命才行啊！"

他不知道老板说这句话时为何用感叹的语气，或许，他自己也曾有过想得而未能得的岁月，又或许，这仅仅是对陈年的境况的一种感叹。

十二

深秋初冬之际，北京初落小雪，零散的雪花飘飘悠悠地在空中旋转着，又被风吹着飘了很远，才迟迟落地。陈年又一次走进北京西站，面前还是人山人海，这次，他却没法牵着她的手从中穿越。

回到家，他做的第一件事就是给她打电话。

"菲菲，我回来了。"

"阿年，我要结婚了。"

"我……"陈年不知道该说些什么，只觉得胸口一阵阵地疼，就像小时候离家出走，饿了好几天后胃里的那种疼。沉闷的、紧缩的、丝毫抓不住的痛感，连用手狠狠地锤着胸膛都无法缓解。

"怎么？连一句祝福都不愿意说吗？"谢菲菲语气有些清淡。

陈年扯着胸膛，泪水突然止不住地流了出来，他也想潇洒地对她说"新婚快乐"，可怎么也说不出口！

"阿年，祝我新婚快乐，好吗？我想得到你的祝福。"

陈年哑着嗓子说"好"，微微扬起头，想逼回眼泪，但很快眼眶里便再度湿润，泪珠滑落在脸上……原来，泪，真的是滚烫的。

"菲菲想要你的祝福，陈年，你他妈的倒是快说啊！"陈年在心里疯狂地喊着，一只手紧紧地握成拳头，狠狠地砸在胸口，才觉得有一丝缝隙，可以让他说出那句话。

"菲菲，祝你新婚快乐！"

胸口疼得更厉害了，像有无数根针在他的心脏里不停地穿梭，要将他的心给缝起来一般。

"呵呵，傻瓜。"谢菲菲的声音里带着哭腔，却隐隐透着一丝喜悦，"应该是祝我们新婚快乐！我爱你，我要嫁给你。傻瓜，快来娶我！"

"菲菲，我爱你。"

陈年哭得泪眼蒙眬，像个被父母找回的迷路的孩子。

十三

"喂！陈哥。谢谢啦，书卖得不错，第五次加印了。"

"喂，老陈，哥们儿要火了！"

"虽然书卖得不好，但影视卖了，哈哈，哥们儿终于要火了！"

……

而此时，虽然穿着西装却还是一副草根模样的陈年，正像个孙子一样跪在谢菲菲面前，手里拿着三千多块的戒指，深情地看着他的女神。

"老陈，拿这么便宜的戒指就想向我求婚啊！没门儿。"

"别啊！媳妇儿，哥哥我会努力的……"

第五次暗恋你

老柳一共暗恋过五次，五次都是同一个姑娘。

这是真爱，大家都这样说。

赵萌萌对此不屑一顾，她说，要一直暗恋下去才叫真爱呢。

她就是那个老柳暗恋过五次的姑娘，一个一心想做大哥女人的姑娘。

一

说实话，我还真没见过像老柳这样犯贱的人！

人都说吃一堑长一智，总不能在一棵树上吊死，老柳却反其道而行之，偏偏就喜欢吊死在一棵树上，这棵树就是赵萌萌。

差一点儿经验值就满三十级的人，竟然还玩儿暗恋这种高级行为艺术。

老柳出去见了一个大客户，回来就跟我说："兄弟，我想我恋爱了。"

"牛×啊，泡上你客户了？"我停下手上的游戏，抬头看着他。

丫的，太不讲义气了。说好的，好基友单身狗一辈子，谁想这货竟然偷偷地脱单了，简直不把兄弟放在眼里啊！

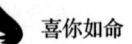

我坚决地伸出一只手，叉开五指："五百块！请我吃饭，不能低于这个数。"

哼！看老子不宰死你！

"别啊！"老柳哀号，"我账号还没建好呢？"

"啥意思？"

"就是……人家还不知道呢，我只是单方面宣布。"老柳扭捏着说道，那模样别提多恶心了。

"暗恋啊！鄙视你！"

老柳默默地低下了头，还有救，至少还是有羞耻心的。

"那你没戏了！"想起老柳的所谓恋爱经历，我下了结论。

老柳这回没反驳，而是靠在沙发上舒了一口气："我也知道没戏，但还是心动，谁让她是赵萌萌呢？"

"谁？"

"赵萌萌！"

"你疯了吧！"

"没疯！"

"我看还是疯了！"

"真的，我一看见她，我明白了，这是命。"

老柳的第五次恋爱，就这么开始了，确切地说，是第五次暗恋，再确切点儿说，是第五次暗恋赵萌萌。

自那以后，老柳进入了所谓的恋爱模式，每天都穿得人模狗样，头发也梳得油光锃亮,像极了抗日剧里的汉奸翻译官。

实话实说,我看着都别扭,至于人家姑娘怎么想,我想,这个应该可以类比参考吧。

要说老柳,长得其实也不算丑,但偏偏迷恋周润发,觉得最帅的发型是大背头,可惜他的额头太窄,梳个大背头,不管怎么看都觉得带着那么一丝猥琐气息。

每天看他早出晚归,表情都不带重样的,要么龇牙咧嘴嘿嘿傻笑,要么愁眉苦脸痴痴发呆,再要么就是患得患失神神叨叨……

总之,别人恋爱也就是智商低,老柳恋爱直接脑残。

但不管怎么说,他还是恋爱了,就算是暗恋,好歹也是恋了……

而我呢?唉,这才是命运吧!

二

我曾经深刻而无情地嘲讽老柳:"像你丫这样没胆儿的男人,是注定要孤独终老的。"

那是我最风光无限的时刻,因为会写点儿矫情的文章,会玩游戏,所以我有女朋友,在那帮屌丝兄弟当中,很显然,我是鹤立鸡群的。

尤其是老柳,太瞧不上他了,只知道嘴里念叨着:"赵萌萌,我喜欢你。我喜欢你,赵萌萌!"

表白的话都练了上万遍,却始终没有勇气付诸实践。

恋爱这种事，知行合一才是王道！

临近毕业的时候，我和老柳整天都泡在网吧里，关于未来，我们从来没当一回事儿，反正是要去服务农村的，在大山的某个角落里，三尺讲台上，照本宣科。

那时候，我和老柳都有一种要将人生中可能是最后一段在繁华都市生活的光阴肆意挥霍掉的悲壮感，毕竟，此一去，江湖诀别，与世相隔。

我们的胸口都堵着一股无处宣泄的忧伤，不知是对兄弟别离的惆怅，还是对未来迷茫的无措，总之，我把恋爱当作玩笑，老柳把暗恋当成青春最后里程上的一座墓碑。

老柳每日默念"我喜欢你，赵萌萌"，可却始终不敢去真正表白，他说他不怕失败，怕的是这最后一段青春，没了念想。

我沉默无语，提不起嘲讽他的气力，在对待爱情这件事上，老柳比我更虔诚。如果说毕业是青春的末日，我是沉溺于末日狂欢的浪荡子，老柳就是末日降临依然拥有坚定信仰的信徒，而赵萌萌，就是他的信仰。

好几次，因为无聊，我陪老柳守在赵萌萌进出宿舍的必经路口，每当她出现时，老柳的目光总会直勾勾地盯着她，似乎想要将她的样子深深地刻印到脑海里。

而我总是抽着一支烟，盯着老柳，想着万一这货突然内心变态，一时冲动做出不轨行为，我还能在第一时间制止他。

三

青春就是这样，害怕的、担忧的、想念的、怀念的……到最后，其实什么都没有，宛如春天里吹过水面的风，你似乎感觉到清风拂面，但其实水面无痕，就像一场醉人的幻梦。特别是对我和老柳这种复读生来说。

高考就这么结束了，我和老柳瘫坐在路边，身边散落着啤酒瓶，微醺的我们突然觉得什么都不重要了，什么狗屁的大学，还不如空中飞舞的垃圾袋。

"老高，我要去找赵萌萌。"老柳忽然开口说。

"去吧，求一个不后悔！"我四仰八叉地躺在路边草丛上。

说起来，老柳也是蛮可悲的，好不容易将赵萌萌忘了，谁想到竟然又在同一个复读班相遇了。大概这就是命吧，谁也说不准。

反正，求一个不后悔吧，我们选择复读不也是一样吗？不就是心有不甘，还想再最后拼一把吗？

我已经没什么力气了，只想躺在这里，任虫鸣蛙叫，任风过草丛。老柳还有事情要做，话总是要说出口的，即便是最后一口气力的呼喊。

第二天，天还没有亮，老柳耷拉着脑袋，一手夹着烟，一手提着啤酒瓶，精神萎靡地在我旁边坐下。

"怎么？说了吗？"

老柳摇了摇头。

"真是服了你。你怎么不说啊！"我骂道。

老柳沉默了好一会儿，才叹了一口气："她和她哥在一起。"

我也沉默了。赵萌萌是有一个哥哥，不是亲哥，是认的哥哥，从初中部到高中部，谁都知道，赵萌萌是她哥的女人。而她哥，是我们学校最大的混子，我和老柳根本不敢惹，也惹不起。

四

还记得刚进高中时，老柳十分嚣张地对我宣布："我一定要把赵萌萌追到手。"

我对此嗤之以鼻，老柳是什么样的人我太清楚了，嘴上说一千道一万，到实际行动时却总是拖拖拉拉。但不管怎么说，作为兄弟，我还是支持他的，尽管我看不出来赵萌萌有哪点儿好，除了长得还算漂亮以外。

老柳比大多数人都害羞，他的喜欢只停留在嘴巴和眼睛上。他总是跟我说赵萌萌有多好，今天又做了些什么，但凡有人说起赵萌萌的话题，他也总是表现得最热烈。他最大的动作，就是故意绕到赵萌萌他们教室，匆匆地瞥上一眼，然后快步逃开，捂着砰砰乱跳的心脏跟我吹牛："赵萌萌看了我一眼。"

本来以为，在未来的某一天，老柳一定会鼓足勇气向赵萌萌表白，但很遗憾，他一直停留在"偷偷地看你"的地步。

我一直等着老柳向赵萌萌表白，结果等来的，只有老柳的一包烟、两罐啤酒，外加一句"赵萌萌有男朋友了"。

"谁啊？"

"她哥。"

我不知道该说些什么，她哥的势力太大，我和老柳这样的小渣渣，是没有勇气面对的。

"那你怎么办？"我问。

老柳仰头喝了一大口啤酒："喝完这顿酒，我就忘了她。"

五

老柳第一次暗恋赵萌萌的时候，只有我一个人知道。

那天，我跟老柳兜里揣着家里刚给的银两，正眉飞色舞地谈论着中午要不要加个肉菜，突然被几个小姑娘给围住了。

"同学，借点儿钱呗！"领头的小姑娘留着披肩长发，穿着蓝色紧身牛仔，还有一双很萌的大眼睛。

我们都认识她，是我们学校扛把子飞哥的妹妹。

她说话声音很好听，糯糯的，还带一点儿娃娃音，要搁平时，说不定我就当场酥了。我当时确实也酥了，不过是害怕的。

在我的凶猛之心还没觉醒之前，我是一个比较胆小怯弱的人，特别是面对这种有背景的大姐大,但这不意味着我就会把稍稍鼓起来的钱包掏空。大脑飞速地转动着,想着到底是该装无辜还是装可怜,总之,只要能保住我的"买肉钱",节操什么的都不重要。

就在我刚想好说辞,准备说点儿"家里很穷,兄妹众多,父母无能"、"钱都要买学习资料"等可怜巴巴的话时,老柳竟然脱口而出:"你想借多少?"

我瞪了老柳一眼,心说完蛋了,这种小太妹肯定是要将我们的钱都掏光的。

果然,赵萌萌黛眉一挑,肉嘟嘟的嘴巴露出轻蔑的笑容,用她独有的娃娃音霸道地说:"废什么话,给我搜。"

我发誓,这绝对是我这一生三观最崩溃的时候。一个粉嘟嘟的可爱的小姑娘、说话声音很软很好听的软妹子,此刻正像一个恶魔一样指使着她的手下,将我和老柳浑身摸了个遍。

人民币、饭票、水票……甚至连学校商店的会员卡都搜走了。

看到手下小妹递上来的两小叠战利品,赵萌萌微微扬着头,骄傲地说了一句:"两个小子,以后你们就归萌姐我罩了。"

然后,她就这样在小太妹的跟随下潇洒地一去不回头,留下我和老柳目瞪口呆。

"喂,老柳,你吓傻啦!"赵萌萌一走,我立刻恢复了彪悍本质。

"赵萌萌跟我说话了,老高!"老柳压着声音,兴奋地叫着,"老高,你看见没?赵萌萌跟我说话了,还跟我借钱!"

"老柳……老柳，你不会疯了吧？"

我怔怔地看着老柳，这画风转得太快，我还来不及适应……只是隐约记得，那天阳光灿烂，老柳眉眼欢腾、口水横流。

六

时隔多年，每每想起被赵萌萌打劫这件事，我都会觉得羞耻。所以，老柳打电话跟我说他要和赵萌萌结婚的时候，我当场就发飙了。

"你丫是不是疯了？你忘记当时的耻辱了？忘记历史等于背叛啊！老柳！"

"我没觉得耻辱啊，多美好的回忆啊。"电话那端的老柳眉飞色舞。

"怎么不是耻辱！两个大老爷们儿，被几个小姑娘给劫了啊！"我歇斯底里地说。

老柳沉默半晌，说："老高，我终于明白你为嘛一直单身了。"

靠！被这货羞辱了，命运真他妈太能挑事儿了！

不过，老柳的婚礼，我还是要参加的，毕竟我是真的非常好奇，老柳那怂货是怎么追上赵萌萌的。

从初中到现在，快二十年了，断断续续暗恋五次，突然就修成了正果，这也太惊悚了吧！

那位赵姑娘可是一心想做大哥的女人，像老柳这种连小弟都当不好的小瘪三，跟赵姑娘的个人志向完全不符啊！

老柳的婚礼办得不是很隆重，到场的只有双方亲友，再加上一些同学。

我见到赵萌萌时，她穿着雪白的嫁衣，一脸幸福地挽着老柳的手臂，小巧模样让我有些恍惚。早知道你是这样的赵萌萌，我也下手了……

婚礼上，司仪让老柳讲一讲追新娘子的过程。老柳咧着嘴，大言不惭地说："我跟萌萌的缘分是天注定的，在她第一次抢劫我的时候，我就喜欢上她了。"

司仪一时间没反应过来："抢劫？"

老柳嘿嘿地笑着说："是啊！萌萌初中的时候可是大姐大，抢劫什么的，不都是应该做的吗？"

大家都被逗乐了，赵萌萌很不好意思地捅了捅老柳，老柳却笑的更加荡漾，说："当年听说她是我们学校老大的女朋友，我就吓得放弃了。谁想，后来我们竟然上了同一所高中，所以我就死灰复燃了。两年前，我去谈一个客户，没想到居然是她。我知道，这是老天给我的机会。我曾经暗恋了她四次，也放弃了四次，这一次，我不想放弃了，不然就太不给老天面子了，嘿嘿。"

司仪惊讶地说："这是真爱啊！"

赵萌萌瞪了老柳一眼，拿起话筒："早知道你放弃过四次，我就不嫁给你了……有本事你一直暗恋啊！哼！"

老柳立马赔笑："媳妇儿，从今往后，我还暗恋你，暗恋一辈子。"

谢谢你，祝我生日快乐

在连看阳光都无比认真的年少岁月里，她喜欢偷看他的略显稚嫩却帅气的侧脸，喜欢看他打篮球时强劲飒爽的身姿，喜欢看他做题时偶尔紧皱不展的眉头……这一切的喜欢，不过是因为她偷偷地喜欢上了他。

看多了别人故事里的繁花似锦，她也想要拥有自己的轰轰烈烈，只是，面对喜欢的人，她终究失去了勇气，只能祝福。

一

像沈雪这个年纪的女孩，总是对这个世界充满了好奇心，也会幻想很多很多美好的东西，比如爱情，尤其今天是她的生日。

从起床到现在，快下班了，除了爸妈，暂时还没有其他人来祝她生日快乐。之所以说暂时，是因为她还在等。

沈雪每天埋首纸堆，看着人们编织的或真实或虚幻的故事，男女主角为爱痛苦、迷茫，甜蜜甚至痴狂。有人说，只有真正经历过撕心裂肺的故事，才能写出刻骨铭心的句子。这样想来，她真的很羡慕这些作家们，能够经历这样绚丽多姿的人生。而自己，平淡无奇，像路边无人光顾的石子，没有叛逆的情绪，没有疯狂的爱情，一切都显得那么循规蹈矩。谁都不知道那个温柔得像春日阳光般的人的存在，那是她心底不为人知的秘密。

不特别的一天，不会发生特别的故事，那么，对我来说特别的这一天，你会不会成为我特别的风景呢？

城市中的人们总是来去匆忙，没人会在意陌生人的忧伤。今天是她的生日，买一个精致的蛋糕、一瓶廉价的红酒，再点几支小小的蜡烛，就可以祝自己生日快乐了。人们不都说，即便是一个人，也要活得优雅吗？

人每长大一岁，总会对世界理解得更深刻一些。只是，不知从何时起，沈雪开始对年岁的增长感到心慌，仿佛每长一岁就会离那个人更远一步。或许有一天，时间会驾着马车，将他的身影甩在自己人生的转角，直到身边的风景再没有他的气息。

快下班的时候，同事发来一个 QQ 表情，看着金光灿灿的"生日快乐"，沈雪没来由地有些喜悦，又有点儿心酸。只是没等到她回一句"谢谢"，就看到同事已经收拾好东西，径直离开了办公室。

失落来得莫名其妙。

二

从公司出来，看着漫漫的人海车流，沈雪突然有种想要逃开的冲动，可环顾四周，却没有一个可以让她躲藏的角落。寸土寸金的都市，哪里会有一个独属于她的空间呢？就连租的房子都需要与别人共享，何况其他呢？

　　上学的时候，她喜欢坐在窗户旁边的位子上，在那里，似乎只要一转头，就能与世隔绝，辟出一片自己的天地。阳光从干净的玻璃上折射进来，落在她的脸上、课桌上，一切都是那么平静、那么美好。

　　他常常会拿着篮球，满头大汗地跑进教室，细碎的阳光在他身上编织成闪着光晕的衣裳，那么耀眼。她不敢多看，只好匆忙将目光收回，拿出课本假装安静读书，端着真正两耳不闻窗外事的好学生模样。落座时，她似乎能闻到他身上那种阳光和汗水混在一起的味道。

　　他也会毫不客气地将她的习题卷拿过去，唰唰地抄着答案，像是理所当然一般，尽管他的成绩比她不知道好多少。在连看阳光都无比认真的年少岁月里，她喜欢偷看他略显稚嫩却帅气的侧脸，喜欢看他打篮球时强劲飒爽的身姿，喜欢看他做题时偶尔紧皱不展的眉头……这一切的喜欢，不过是因为她偷偷地喜欢上了他。

　　想起第一次注意到他，沈雪不禁笑出了声，公交车上的人们一脸莫名其妙，看得她有些不好意思。

　　现在想来，缘分真的是很奇妙的东西，从小学到高中，他们一直在一个班，上了大学后还在同一个城市，只不过，终究是有缘无分，毕竟汹涌的人潮总是轻易就能冲散两个没有牵手的人。

　　小时候的他有些瘦，不爱说话，总是一副倔强的表情，而她是个大大咧咧的姑娘，每天飞奔而来又飞奔而去，马尾辫在空中上下翻飞舞动。他从不是她认定的小伙伴，即便是最初关于他的记忆，都是从讨厌开始的。

　　夏天的暴雨总是说来就来，老旧的学校几乎瞬间被雨水包围，成了翻版的"水上威尼斯"，小萝卜头们只好在教室里等着父母送来口粮。很不幸，那天不知道是不是两家商量好的，他们两个人吃到了同款的包子，一样的馅儿，一样的冷，然后一样得了一种叫作"肚子疼"的不大不小、可大可小的病。

　　到底是有多特别？全班居然就他俩吃坏了肚子。疼痛难耐的时候，她甚至觉得自己快要死了，而且死相凄凉，是被一个包子毒死的。她还记得自己曾在疼痛的间隙偷看了他一眼，觉得有个人陪着自己一起死，也不算孤单。现在想想，那时候自己的脑洞着实不小。

　　终于等到爸爸赶来接她回家，经过一番折腾，才算安稳下来。面对持续确认是否可以继续去学校的父母，颇为精明的小沈雪给自己放了一个小假。结果第二天，老师的批评就到了，不为别的，就因为同为病患的他坚持回了学校，反而衬得她太娇贵，只是小毛病就偷懒不上课。

　　讨厌，老师总是喜欢他那种学生，轻伤不下火线……

三

　　下班回家需要先坐几站公交，然后一路坐地铁回去。北京有权让她这样的外乡人活得很卑微，毕竟来这里追寻梦想的人太多，她只是其中不起眼的一个。

沈雪一直都不怎么起眼，虽然上学时成绩中上，性格有些泼辣，常常以姐自居，被同学冠以"霸王花"的称号，可是跟他一比，自己立马就变成了一朵飘在天际、无足轻重的流云。

所有人都知道他们是很好的朋友，从小是邻居，长大是同学，只是青梅竹马不相逢。他向来温和阳光，尽管生活在离异重组家庭，依然品学兼优，是所有女孩子心中的王子。

相识十五年，他唯一一次的怒气，比所有的温柔都更让沈雪记忆犹新……

也不知是谁说了他姐姐的坏话，像是要挑拨离间似的，说这话是从沈雪这里传出来的。他怒气冲冲地冲着她吼，吼的是什么，她一点儿都没听到，只记得那时他脸上充满戾气。原来，自己在他的心里是这样的人；原来，自己竟会在意他的不信任；原来，面对他的怒火，自己会感到这般委屈。心像用卷笔刀削过的铅笔，一层层地被刮扯掉皮肉，真疼。

"立水桥站到了，下车的乘客，请从后门下车。"乘务员的报站声响起。沈雪努力收回快要掉出来的眼泪，慌忙下了车。

那时，她是有些瞧不起自己的。明明在别人面前张牙舞爪，一看到他却变得怯弱起来，卑微得像谁都可以踩上一脚的无名野草。

她一直在努力成长，想长到能让他看到的高度，然后在春风沉醉的黄昏里，摇曳着优美的身姿，让他痴迷、留恋。然而在他们认识的

喜你如命

十五年里，从来没有出现过这种可能。她总是在他身边，却觉得他离她太远，除了那一次。

那个飘着细雨的傍晚，她看了一眼从浅灰色的天幕上不断坠落的雨滴，背起书包冲进了雨里。校门拐角处，一把黑色的伞遮挡了头上的雨水，她回过头时，看到他噙着淡淡的微笑："一起走吧。"

高出沈雪一头的他单手撑伞走在她的左边，而她低着头，默默前行。她第一次这般不知所措，双手像是坏掉了，怎么摆弄都不合适，只好紧紧地攥着书包背带，无意间碰到他的手臂，心脏又是猛地一阵紧缩，连忙躲开。他见状，也只是微笑不语，默默地将雨伞向她这边倾斜着。莫名地，她有一些安心。

四

他们之间有着十五年的光阴，却似乎真没什么值得一说的故事，平淡如斯，就像麻木地将自己送入地铁的人们，日日如此，毫无惊奇。

他们也曾被传过一段绯闻，那个年纪，不甘于平静校园生活的少男少女们总能让一点点小事都生出些许是非，为的不过是给枯燥的学习生涯找点儿调味剂。

他从来没有表示过，而她也不确定自己对他到底是什么感觉，友情还是爱情，她从来没有细致地想过，却也无法否认他的特别。认识的人那么多，怎么偏偏就记住了他的生日，想忘都忘不掉呢？

很多人都以为他们会在一起，她自己也曾幻想过，他们之间会流传出一段青梅竹马走进婚姻的浪漫故事，但终究只是幻想罢了。闺蜜也曾怂恿她去表白，她却始终保持着沉默。或许这份喜欢并没有爱那样浓烈，又或者害怕听到他拒绝的声音，连做朋友的资格都没了。只要不说，至少那会儿他一直都在，尽管是以朋友的身份，可至少还是朋友，不是吗？

他的姐姐曾试探："假如当时你和我弟在一起，现在也挺好的吧。"

她不知道该说些什么，只觉得胸口隐隐作痛。

她还是抱着希望的，哪怕希望很渺茫。大学毕业后，他回家乡继承家业，她借口说父母希望稳定，回家考公务员。她并不是想要一路追随，只是觉得，如果有可能，就这样待在离他不远的地方，偶尔见面，说声"最近好吗"这样的话，是不是自己就能比其他人拥有更多跟他在一起的可能呢？

可她终究还是离开了，远离故乡，来到北京这个繁华得让人有些卑微的地方。公务员考试成绩公布后，她就知道是时候告别了，就像那天他和她一起回家，她故意走得很慢，可终究还是说了再见。

离开的那天，他没有送她，只是打了个电话祝她一路顺风。她想，如果那时他突然出现，哪怕说一句"在家多好"，她都会不顾一切地留下来。至于"留下来，这里有我呢"这样的话语，她从来都不敢想，她怎么可能敢？

小时候大家总爱开玩笑，说"祝你一路顺风"的下半句是"半路失踪"。

的确失踪了,他从她的生命里失去了踪迹。

五

沈雪随着汹涌的人潮挤进地铁站,决定不再想他。为什么要想呢?这个城市里,从来不缺像她这样的人,生活本就不易,何必把自己弄得如此悲伤?

离开这么久,像他这样优秀的男生,应该已经找到自己的百分百真爱了吧,他们会徜徉在阳光晴好的午后,会在每个清晨互相亲吻对方的额头……可这些,都与自己无关。

沈雪站在人潮中,看着过往的行人,他们或是亲密的情侣,或是疲惫的白领,或是调皮的孩子,她任由这许多比自己更加匆忙的人推搡着她前进。无意间回头时,她看到一个背包的少年,很像他,却在眨眼的瞬间消失在人群中,她四处追寻,却只看到乌泱泱的人群,没有他。也对,他怎么可能突然出现在北京呢?

悻悻地回到原地等着地铁的到来,拿出手机翻看QQ、朋友圈,没有什么信息。也许,他早忘了吧……

这样的日子,孤单的人总会想起太多……

六

　　回到家中,沈雪拿出准备好的蛋糕和红酒,点上蜡烛,盘坐在床上默默许愿,然后吹熄蜡烛,对自己说:"祝你生日快乐。"

　　因为喝了点儿红酒,沈雪有些微醺。她本来是有些酒量的,只是今天,她想醉。看多了别人故事里的繁花似锦,她也想要拥有自己的轰轰烈烈,只是,面对喜欢的人,她终究失去了勇气,只能祝福。

　　手机不合时宜地响起来,打破了凄迷的气氛。

　　"沈雪,是我,祝你生日快乐,恭喜你又老了一岁……"

　　你知道吗?在今天过去之前,我有多想对你说一句:"谢谢你,祝我生日快乐!"

一念一想

巍峨的庙宇，虔诚的信徒，以及芸芸众生。阳光倾洒下来，尘世万物像是镀了一层佛光，熠熠生辉。

叶岚站在布达拉宫前，像李晓那样斜挎着吉他，扬手拨弄起第一根琴弦。

"……假如恰好你也喜欢我，于我而言，算不算解脱……"

离去时，她身轻如燕。

"一念一想，足矣；多则成魔。"这是修行者对她说的话。

一

叶岚伫立在窗前，静静地看着窗外淅淅沥沥的细雨。微风透过窗纱，轻轻撩动着她的雪纺长裙，以及柔顺的长发。

她的眼神迷离，似被春雨洗润的嫩绿感染而出神，又似飘忽零落地散漫无状。在她右手的下方，是一张红木小桌，深邃而精致，小巧得像一个高脚方凳。桌面上，一束兰花插在干净的玻璃花瓶里，旁边是一张卡带。

卡带上面贴着的不是歌名、内容说明的广告纸，而是一张按照卡带形状剪成的普通纸片。纸片多处泛黄，显然是经过时间消磨的，有黑色的钢笔字——"给你的歌"。叶岚并没有去触碰卡带，而是安静地看着窗外温柔的春景。

一只燕子浅浅飞过,穿梭在绵绵密密的雨丝中,不时地调试着飞翔的姿势,直到它落在对面屋檐下的小窝旁边。叶岚似乎被这只迟钝的燕子吸引了,目光一直随着它的身影,等到燕子落窝,她才轻轻地舒了一口气,像是安下心来。

转过身,拿起桌上的卡带轻轻地摩挲着,翻到背面,怔怔地看着上面的文字——"晓和岚,永远在一起"。

"三年了,有些事情就此放在心里吧,晓晓也明白的。"不知道什么时候,陈雯来到屋里,看着拿着卡带发呆的女儿,轻声地说。

"妈,我知道。"叶岚回头,看着陈雯。这几年,她的白发又添了许多。

爸爸过世以后,妈妈有好多年不怎么打扮自己了,她说,再打扮也没人看。可自从李晓出事后,妈妈又开始注重着装打扮,每天都细心地梳理头发,穿着得体的衣服,对所有的事情都表现得云淡风轻。叶岚知道,妈妈是不想让她担心。

想到自己,想到李晓,叶岚没来由地一阵心痛,她如今依旧每日精心地装扮自己,大概就是希望,有一天,那个混蛋能再次出现在她眼前吧。

"要说李晓这孩子,还真是不错。"陈雯轻叹,"但人有时候,就是命,来的去的,都是注定。这种时候更要活得好,才不会辜负已故爱人的期待啊。"

叶岚轻轻地抱住陈雯:"妈,我知道,我会过得好好的,给那个混蛋看。"

不知道明天还会有多少人会去看他。叶岚想着,或许没有多少人了吧,只有我一个人也挺好的,至少也算是独处时光吧。那个混蛋自从跟她谈恋爱以来,眼里就只有兄弟,他们独处的时间本就少得可怜,能独处的时候,他又多数时间在昏睡着。

叶岚想着想着,忽然觉得鼻子有点儿酸:"他那样待我,我干吗还要想他?我是不是有病啊?"

次日,天空放晴,被雨水温柔梳洗过的世界格外明媚,叶岚似乎被这景象感染,心中的悲伤也少了些许。

一大早,坐上班车来到墓地,丛丛的墓碑掩映在柏树和青草之中,平添了些许荒芜感。李晓的墓碑前已经站了一个人,是王斌,以前李晓那个乐队的主音吉他,一个阳光大男孩。

"你来了。"王斌看到叶岚时轻声说,"他们不来了。乐队解散后,大家各奔东西,还留在这个城市的,就只有我了。"

"嗯!"叶岚淡淡地应了声,将手中的捧花放在墓碑前,目光静静地看着"李晓之墓"的字样。春日明媚之中,墓碑显得如此平凡,就像是块普通的长方形石板。死后变得如此中规中矩,对特立独行的李晓来说,也算是一种嘲讽吧。

叶岚发觉自己并没有想象中那样悲怆欲绝,相反,心中出奇地宁静,就像阳光抚过墓碑旁的青草一般没有波澜。

或许,我本就如此善变吧。叶岚想:没想到,我已经快要将你遗忘了。来生再见之时，我们还要在一起吗？

"我们走吧！"王斌提醒道。

叶岚点了点头，转身离开。这一次，她没有回头。李晓，假如此刻你的灵魂出现在墓碑前，看到我不曾回头，一定会怒火中烧吧。

和往年一样，两人来到一间茶屋。李晓生前喜欢喝茶，尽管喝茶这种行为和摇滚乐看上去完全不搭界，但那个混蛋就是喜欢，还说什么修身养性。他嘶吼着唱歌时，完全看不出他那些所谓的修身养性到底修在哪里。

李晓走后，每年的这一天，大家都会到茶屋里小坐，聊聊关于他的事情，只是来的人一年比一年少，到今年，就只有叶岚和王斌两个人了。

叶岚端起茶碗，看了一眼窗外密密匝匝的树叶，还有疏疏落落的阳光。或许有一天，我也不会来了吧。

"有什么打算？"王斌看着叶岚，问道。

"还那样，上班下班，能有什么打算。"叶岚说得轻描淡写。

"你知道，我说的是什么。"王斌的语气有些急促。

叶岚看了他一眼，她知道，但不想点破："王斌，我有些累了，回去吧。"

"好！"王斌神色黯然地点了点头。

并肩走在小镇上，错乱的商铺映入眼帘，叶岚享受般地将一切收入眼底，忽然看到一家蛋糕店，偏过头对王斌说："我们买个蛋糕吧，李晓那家伙一直特立独行，不走寻常路，我忽然觉得，他的祭日，买个蛋糕庆祝一下也不错。"

二

寂月皎皎，铺满整院的冷清。偶尔会有几声窸窸窣窣的虫鸣，或是风吹树叶的哗哗声，但是，这一切都是热闹不起来的。

两个人坐在一个正方形石桌旁，桌上放着一个蛋糕。

叶岚小心地解开包装盒上的简易蝴蝶结，拿掉盖子，一个圆形的小蛋糕露出全貌，上面没有字。她本想写上"李晓，祭日快乐"，但终归做不出这种惊世骇俗的事情，又怕店家将她撵出来，也就放弃了。

从旁边的小袋子里抽出三根蜡烛，神色平静地插到蛋糕上。

"带打火机了吗？"叶岚抬头问王斌。

"没带，自从那件事后，我就戒烟了。"

"哦，那你到屋里拿吧，正屋的方桌上有，还有东边的墙上挂着一把吉他，你也取来。"

"好！"

王斌去屋里的工夫，叶岚将蜡烛全部插好，搓搓手坐下来，目光温柔地看着蛋糕，呢喃道："混蛋，你可没得吃喽。"

"东西拿来了！"王斌的声音传来。

叶岚伸手拿过打火机，将三根蜡烛点燃，露出浅浅的笑容："李晓，祭日快乐，不过，你没法吹蜡烛了，哈哈，我就代你吹吧，你这混蛋，每次我过生日，你都抢着把我的蜡烛吹灭，这次你没办法了吧。"

叶岚正准备吹蜡烛的时候，突然刮来了一阵风，不大，却恰好吹灭了刚点燃的蜡烛。

王斌以为是叶岚吹灭了蜡烛，正准备调试好吉他，弹一首乐队的歌。当他微笑着看向叶岚时，却见她怔怔地看着蜡烛，泪水模糊了双眼。

"王斌，王斌，你看到了吧，那个混蛋来吹蜡烛了。老是这样，来了又不出现……"叶岚的声音有些颤抖。

"岚，不过是风吹灭了蜡烛而已。"

"就是那个混蛋来了，就是他来了，王斌你为什么不相信我的话？"叶岚哭喊着，扑倒在王斌的怀里，声声撕裂。

王斌看着怀里的女人声嘶力竭又极度压制，抽噎着、颤抖着，快要断气一般，他轻轻地拍打着她的脊背，目光幽幽地看着夜色更深处，心跳像远处隐隐约约的蛙声，明明是嘶吼着，却又似有若无。

你活着时，我比不过你。如今你去了，我还是要输给你吗？

他还记得，那天，他们分明是同时遇见叶岚的，为什么相同的邂逅，却会有不同的结局？

三

"我可不可以反悔？"王斌看着迅速脱光的李晓，五官都纠结在了一起。

"不行，说好的一起！"李晓看都不看王斌，利索地脱掉了最后一件遮羞布，舒展了一下身体。

王斌又看了李晓一眼，祈求道："老李，要不你自己去吧，我给你看衣服。"

"不行，你输了，就应该陪我一起裸奔！"李晓说。

"这大半夜的裸奔也没意义啊！"

李晓瞪了他一眼："怎么没意义？我国成功举办奥运会，并获得金牌榜第一名，这么大的一件事儿，我们应该用行动来表达身为国民的自豪！"

"那也不用裸奔啊！"

"裸奔的重点不在于'裸'，而在于自由前进。"

"这大半夜的，又没有人，你表达给谁看啊！"

"你是变态吗？要是白天，我们会被警察叔叔请去谈心的！"李晓没好气地又瞪了王斌一眼，"你脱不脱，不脱我帮你脱了哈！"

"不脱！喂！我靠，你干吗？不要靠近我，滚蛋！……啊……李晓，老子要杀了你！老子的清白！"

"谁？在那边干吗呢？"就在王斌极力反抗李晓扒他裤子的时候，

一道手电光射了过来。

"啊!变态!"一个尖啸的女声响彻夜空!

"哎!喂!不是你想的那样!"李晓连忙放开王斌,扭身抓起衣服就往身上套,"等等!听我们解释,真不是你想的那样!"

李晓和王斌迅速穿好衣服,直奔手电亮光处,连连点头道歉:"对不起,真的不是你想的那样,这不是咱们国家成功举办了奥运会,还获得了金牌榜第一名嘛,我们特别开心,就想庆祝一下。"

那女生拿着手电筒,朝着他们两人脸上来回照了照,语带嫌弃:"你们就这样庆祝?"

"不是你想的那样……"王斌连忙申辩,"我们只是想裸奔,表达一下兴奋感。"

"裸奔!变态!"女生似乎打了个寒战,声音有些发抖。

"这是行为艺术!行为艺术!"李晓解释着,脸上带着一丝艺术家的骄傲。

"行为艺术?"女生迟疑了一下,"有向学生会申请吗?没申请,就是违反校规。"

"你是学生会的?"李晓脸色一变,立马讨好地说,"那你就是我们的领导啦!领导,我们申请进行此次行为艺术,望领导批准。"

"不批!"女生严厉拒绝,"现在是夜里十二点半,先不说你们私自搞什么所谓的行为艺术,单就这个时候你们不在寝室里就违反了校规,等着警告处分吧!"

"领导,看在我们初犯的份儿上,你就放过我们吧!"一听处分,王斌立马激动地叫起来。

"不对!"李晓像是想到了什么,突然说,"虽然学校夜里有巡逻的人,但绝不可能派你一个女生出来巡逻!"

闻言,王斌换上一张邪恶的脸:"对啊!小爷我竟然没有想到这点。嘿嘿!小姑娘,如实招来,你到底是干吗的?嘿嘿!是不是和小爷我们一样,也是出来裸奔的?"

那女生似乎吓了一跳,拿着手电筒,狠狠地照向王斌的眼睛。李晓见状,连忙说:"同学,别紧张,我们各忙各的,再见!"说着,拉起王斌就要走。

"站住!"那女生喊了一声。

"还有事儿吗?"李晓回头。

"能不能帮个忙?"女生的声音有些羞涩。

几分钟后……

"不是吧,你一个姑娘大半夜翻墙去网吧!"李晓有些惊讶。

"今天游戏里有活动!"

"好吧!那你跳的时候小心点儿,落地的时候,最好往下蹲一下。"

"好!"

"喂!"

"嗯?"

"你叫什么名字?"

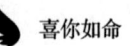

"叶岚。你呢？"

"李晓！"

"我叫王斌！"

四

"人潮人海中，又看到你，一样迷人一样美丽，慢慢地放松，慢慢地抛弃，同样仍是并不在意……"

李晓在舞台上肆意地跳动着，漂亮的高音几乎将整个屋顶掀翻。

舞台很小，只有四五平方米，周围是一大群疯狂的人们，有的喝酒，有的随着音乐扭动着身体，没人在意舞台上的乐队唱什么，所有人都沉溺在自由放纵的氛围当中，除了叶岚，一个并不恬静的女孩。嘈杂的人群和喧嚣的摇滚乐对她似乎没有丝毫影响，她双手托着下巴，目光莹亮地看着台上的人，脸上时不时地露出痴迷的傻笑。

叶岚是来看李晓的。从那次深夜邂逅开始，她发觉，越是接触就越能对他产生兴趣——长得帅，学习好，爱摇滚乐，还爱行为艺术。

除了那次深夜裸奔，李晓还在学校搞了很多次所谓的行为艺术，叶岚虽然看不懂，但觉得非常好玩儿，比如那次，李晓竟然在学校的广场中央扮成一棵树。

偌大的广场，视野非常广阔。夏日黄昏时分，人们都喜欢在广场上乘凉聊天，有三五兄弟，有一两姐妹，还有不管天气多热都要抱在一起的情侣。唯独李晓把树叶、树枝当作衣裳,一动不动地站在广场中央。

叶岚和姐妹们路过时,差点儿笑岔气。李晓当时的样子特别逗,为了扮演一棵枯萎的树,他双手向前呈二三十度倾斜伸着。叶岚发现他的时候,他的身体微微颤抖着,脸涨得通红,很明显他做这个动作已经很久了。

"喂!树先生,你站在这里干吗?这里是广场,不是绿植区!"叶岚一边嬉笑一边拨弄着李晓身上的叶子。

李晓无力地看了她一眼,声音略带嘶哑:"呼吁大家关爱大自然!"

"那你为什么不吆喝?比如拿个宣传单什么的。"

"我是一棵树,你有见过树发宣传单的吗?"

"那你为什么跟我说话呢?树不是不会说话吗?"

"我没把你当人,把你当成停落在树上的小鸟,所以我们的对话,就是树与鸟的对话。"

"好吧!你赢了!"叶岚无语地瞪了他一眼,拉着姐妹们转身就走,"再见,傻帽儿树先生。"

叶岚自己都觉得特别奇怪,从小到大,她虽然算不上是标准的乖乖女,但对特立独行从来没有什么兴趣,可自从认识了李晓,每次不管他做什么,她都觉得特别好玩儿。无论是他的行为艺术还是他的摇滚乐,似乎都有着别样的魅力,一圈又一圈地向外辐射,而她恰好站

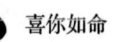

在辐射圈里。

"喂，翻墙女，你在想些什么呢？要不要我请你喝一杯啊？"

叶岚从胡思乱想中回过神来，看到满头大汗的李晓正拿着啤酒往她的杯子里倒。

"不准再叫我'翻墙女'，我有名有姓，老娘叫叶岚。"叶岚没好气地反击。

"哎哟！这是要生气的节奏啊。"李晓毫不在意叶岚的白眼和语气，反而大大咧咧地坐在她旁边，将装满啤酒的杯子往前一推，"喝吧，反正不花钱的。"

"哼！"叶岚拿起酒杯，豪放地将杯中物一饮而尽。

"酒量不错啊！你慢慢喝，不够自己拿，算我账上。我要上台了，再见，翻墙女！"李晓嘻嘻哈哈地说。

"你……"

五

那一天特别轰动，整个学校都快炸了。

喜欢一个人是什么感觉，叶岚并不知道。从小到大，她一直都是大大咧咧的性格，像男生一样玩游戏、喝酒、打球，围绕在她身边的有各式各样的帅气男生，但他们从来都把她当成同类，而她也一直把他们当成好哥们。

爱情从未到过她的世界，所以对于爱情，她极其懵懂，甚至毫无知觉。于她而言，在走进爱情之门以前，大约要先经过一个迷宫，只是很不幸，她在这迷宫里迷了路。

叶岚曾经在网上看了一些腐向的小说，一度怀疑自己是个拉拉，于是在经历极大的内心挣扎后，她决定找一个女生谈谈恋爱，却发现自己对女性也没有感觉。她经常想：大约，自己是这个世界上为数不多的不需要爱情的存在吧。

可是最近，她原本认命的心起了波澜。她不知道这是一种什么感觉，脑子里总是不受控制地出现那个人的影子，想到他就会情不自禁地露出傻笑，才离开他没多久就感觉空落落的，像身体周围的空气被抽干了一般，让她觉得窒息。巨大的空虚感，快要将她的身体撑爆……

终于，她决定先去买几瓶酒。

至于后来发生的事情，叶岚完全不记得了，只记得醒来的那一刻，李晓看着她说："你今天上午说的话还算数吗？"

她蒙了："什么话？"

太丢人了！每每回想起来，叶岚都觉得脸红。

六

"李晓，你出来，快点儿！"

喜你如命

"李晓，我喜欢你！"

"李晓，你这混蛋，快点儿答应我！"

"李晓……"叶岚踉跄地行走着，头发散乱，嘶声叫喊着。

"李晓，我不能没有你啊！"

"李晓，你知道吗？我是那么那么地爱你！"

"李晓，你这个混蛋，你快点儿出来，快点儿出来啊！"

李晓并没有像那天一样玩世不恭地出现在她面前，嘴角泛着光亮，然后回答说："好啊，那我就勉为其难地接受你啦。"

什么都没有了，除了静谧的夜和一地的冷光，除了拿着吉他一脸悲伤的王斌……

叶岚趴在桌子上，身体抽搐着，无力地呼喊着："李晓！李晓！"

王斌静静地坐在她身边，除了沉默地陪伴，他不知道该做些什么。只是有那么一瞬间，他忽然觉得沉重的心一下子变轻了，像是变成了一个气泡，循着夜的轨迹，飘啊飘啊飘向远方。

他想起了一些事情，伸手拍了拍叶岚的后背："我觉得我们应该做一件事情，为了阿晓。"

"什么事？"叶岚条件反射般抬起头，眼睛通红，却泛着炽烈的光芒。

"去一趟西藏。阿晓曾经说过，等他攒够钱，就要去一趟西藏，站在布达拉宫前，站在最纯净的天空下，唱一首关于爱情的歌。"

"真的？"

"真的，那首歌叫《假如恰好你也喜欢我》。"

"我怎么没听过这首歌？"

"阿晓本来想在你生日的时候唱给你听的。"

"真的！"叶岚笑了，声音带着兴奋，尽管脸上全是泪水，"你教我。"

"好！"

"学会了，我就去西藏。"

"我陪你去吧！"

"不用了，有李晓陪我呢。"

"好！"

七

从小镇到杭州，从杭州到拉萨，叶岚一刻都没有停留。她只想快一点儿到达布达拉宫，并在那里唱一首歌。她相信，他一定能够听得到。

假如恰好你也喜欢我，傻瓜，我就是喜欢你啊！

飞机降落的时候，叶岚看到了充满民族风情的机场，也看到了纯净的天空，纯净的云，纯净的阳光。她拿着行李兴奋地朝外狂奔，脑子里想的全是关于在布达拉宫前唱歌的事情。

叶岚觉得有些胸闷，眼眶似乎有点儿疼。她倒在离布达拉宫已经很近的地方。醒来时,一个脸上有着明显高原红的护士站在她身边。

"你醒啦!第一次来拉萨吧。这里不像平原、丘陵地区,高原缺氧,不是常年生活在这里的人,一旦剧烈运动会有很强烈的高原反应。"护士温和地说着,脸上挂着微笑,像窗外雪山上耀眼的白光。

"嗯,第一次来,没考虑过这些事情。"叶岚还有些虚弱。

护士伸手摸了摸她的额头:"我建议你快些离开拉萨,你的高原反应有些严重,虽然经过治疗,你现在感觉好一些了,可一旦运动起来,还是会有反应的。"

"护士,我不能……"叶岚闻言立马坐了起来,紧接着就是一阵呼吸困难。

"你必须离开,不然会有生命危险的。"护士的语气非常严厉。

咳咳!叶岚虚弱地轻咳了几声,坚定地说:"我还有事情要做。"

"什么事情能比命重要?"护士有些急了。

叶岚无力地看着护士,神情憔悴,目光透着坚定:"或许,真的比命还重要!"

"那也不行!你必须赶紧离开这里!"护士坚持着。

"我给你说说我的故事吧!"

听完叶岚的故事,护士脸上挂满泪水:"那……我想想办法吧。"她安慰道,"一切都会得到保佑的。"

八

在去布达拉宫之前,护士带叶岚去见了一位修行者,他们聊了很多。从修行者那里离开后,叶岚就直奔布达拉宫。

巍峨的庙宇,虔诚的信徒,以及芸芸众生。阳光倾洒下来,尘世万物像是镀了一层佛光,熠熠生辉。

叶岚站在布达拉宫前,像李晓那样斜挎着吉他,扬手拨弄起第一根琴弦。

"……假如恰好你也喜欢我,于我而言,算不算解脱……"

并不美妙的歌喉却唱着最动人的歌。围观的人越来越多,进入副歌时,那些情侣们更是十指相扣,轻轻依偎。

叶岚弹着吉他,软软的风吹拂过她的长发。她抬头看着遥远的蔚蓝的天空,似乎那洁白的云就是李晓坏坏的笑,耳边的发丝似乎也被他轻轻地撩动。

一曲终了,叶岚笑了:"李晓,你这个坏蛋!"

周围的欢呼声十分响亮,可她不在意,将吉他装入琴箱,便大跨步地向前。

离去时,她身轻如燕;回头时,巍峨的布达拉宫佛光萦绕。

"一念一想,足矣;多则成魔。"这是修行者对她说的话。

九

　　桌上电脑里正在播放一段视频,标题是:"帅气女神,布达拉宫前深情开唱。"

　　"……假如恰好你也喜欢我,于我而言,算不算解脱……"

　　电脑旁边,一张普通的 A4 纸上写着一首歌,作词、作曲处落款都是"王斌"。

　　王斌快速地登上自己的微博,点击留言:"只要你过得好,我就会解脱,即便恰好你喜欢的不是我。"

阿姝的爱情故事

纯真的年纪，再没有比遇到一生挚爱更美好的事情了，然而对于阿姝来说，却是一场难以醒来的噩梦，或者说是一场无法抵抗的灾难。

阿姝整容之后，很多男人开始疯狂地迷恋她。可离开林遇那天，阿姝坐在马路边号啕大哭，陪在她身边的却只有张言翔。

阿姝是带着恨意和张言翔结婚的，她恨这个男人为了她可以卑微至此，更恨他让她想起曾经如他一般卑微的自己。只是这种恨意，终究淹没在张言翔的温柔里。

一

阿妹比以前受异性欢迎了；阿妹最后和一个长得能算得上丑的男人结婚了。在我认识她的二十多年里，这是我最难以理解的两件事。

纯真的年纪，再没有比遇到一生挚爱更美好的事情了，然而对于阿妹来说，却是一场难以醒来的噩梦，或者说是一场无法抵抗的灾难。

高一那年，阿妹在书店里看书，当她和他的手同时触摸到那本《挪威的森林》时，阿妹说，那个穿着白衬衫、笑起来很治愈系的男生，就是她这辈子永远不会忘记的渡边。

我不解："小说里面渡边的形象明明不是很治愈，甚至还有些忧郁啊。"

"我也不知道为什么，反正我当时心里就是那样想的。"阿妹说话的时候，低着头，抠着手指，声音有些怯怯的失落感，"大概，我的余生都无法绕过他的笑容了。"

那时候的我，是一个对爱情完全没有概念，甚至视爱情为妖魔的三好学生，但阿姝的话我必须回答，因为她是我表姐。站在亲人的角度，我有必要了解爱情到底是个什么东西，然后设身处地地为她考虑。

"现在就谈人生还太早吧，我们还都处于人生刚出发的阶段，还没到需要回望过去、总结一生的时候吧。"我试图站在她的角度去解决问题，"或许，当你年纪再大一些的时候，才能够确定是不是真的此生非他不可。至于现在，我觉得你只要好好地度过当下的人生就好了，不要去想其他的。"

"我现在就很确定。"阿姝抬起头看着我，眼神璀璨，像点亮黑夜的星光。

二

如阿姝所说，她真的很确定自己的想法。从那以后，她开始认真地研究林遇，研究他的爱好、习惯、性格、穿什么样的衣服、喜欢什么样的女孩⋯⋯如果说这个世界上还有人比阿姝更了解林遇，我必然是不相信的。因为再没有谁能像阿姝一般，用八个厚厚的笔记本记录着关于林遇的一切。

林遇喜欢哪位球星，阿姝能够将他的人生经历倒背如流；林遇喜欢的品牌，阿姝可以把这个品牌的来历、广告语，甚至在全国开了多少家分店都了解得一清二楚……阿姝对这个男人用尽了所有的痴心，哪怕直到大学毕业后，林遇都还不知道她的存在。

  曾经有一段时间流行过一个理论：如果你喜欢一个人，就一定要去追，即便是被拒绝，也不过是回到了原来的状态。只要去追，你就有和他在一起的可能，如果你一直不行动，你将永远不可能得到他。

  我在看到这个理论的第一时间，就跑去告诉了阿姝，并怂恿她向林遇表白。意料之外的是，阿姝拒绝了。她说："现在的我还不够好，等我变得更好一些的时候，我再去表白。"

  "什么时候才是更好的时候呢？"

  "当他看到我也像我当初看到他时那般美好的时候。我要在自己最惊艳之时，把自己深深地刻进他的眼里、心里。"阿姝满怀憧憬。

  对此，我既诧异又不屑，诧异的是阿姝竟然魔怔到了如此地步，已然陷入狂想的泥沼中无法自拔，不屑的是以阿姝的长相，虽算不得难看，但跟漂亮二字还是有些相去甚远。所以，阿姝这个梦想，恐怕只会成为"梦"和"想"了。

  有些话，我觉得还是应该让阿姝知道，毕竟她也帮我做过无数次作业，顶掉无数次长辈的责骂。

  "或许会有那么一刻。"我以退为进，用我掌握不多的谈话技巧徐徐诱之，"可是，那一刻要多久才能到来呢？你是否能够承受得起岁月的消逝呢？"

"有什么关系呢？就算是一刹那的烟火，也比亘古漫长的黑夜绚烂多了。"阿姝语气坚定，"我就是要在他面前绽放刹那的光彩，即便从此在世间消失，只要他能看到我，哪怕一瞬。"

三

这几年，我也算谈过几段不长不短的恋爱，所得到的总结就是：感谢所有与我相爱的，祝福所有不再爱的。所以，我实在无法理解阿姝的想法，虽然像她这样对一个人执着几年甚至几十年的人也不是没有，但大都会在某一刻从迷恋中醒悟，过上结婚生子的普通生活。

我不知道，其他人在深夜无眠时，会以怎样的方式去缅怀一段花了十多年时间都没能成功起跑的爱情，但我知道，阿姝在每个无眠的夜晚，都会整理关于林遇的信息，想着关于林遇的故事，过去的、现在的、未来的，即便有太多内容都只是她的想象。

阿姝说："他是我最熟悉的人，尽管我对于他来说只是一个陌生人，但这种陌生是好的，因为这代表着我们之间还有无限种可能。"

有时我会觉得，阿姝似乎对林遇产生了一种几近迷信的情愫。她迷信，她喜欢的男人就是她命中注定的白马王子，而林遇就像她生命中一把温柔的刀，轻轻地一个回眸就能切断她与世界的所有联系。

阿姝果然为林遇挨了一刀，不过是手术刀。

当她再次出现在我面前时，已经变成了一个令人惊艳的美女，至少惊艳到我了。我从她的脸上看到了范冰冰的模样，据说范冰冰是林遇最喜欢的明星。阿姝微微地抬起下巴，眼神水汪汪的。我发誓，二十多年来，我从未见她有过那样的眼神，直勾勾地，像是要勾人魂魄。

"你这样值得吗？"我问她。

"值得！"阿姝轻轻勾起红唇，妩媚地说，"只要是为了他。"

"好吧！祝你好运！"除此之外，我也不知道该说些什么，毕竟已成事实，只希望阿姝能实现她的梦想。

爱情从来不是你变漂亮了就一定能得到的东西，只不过是漂亮的会比不漂亮的更容易得到而已。阿姝如愿以偿地成了林遇的女朋友。

四

那天，阿姝早早地候在了林遇常去的咖啡馆，手里拿着他最近喜欢的书《借我执拗如少年》，像守候猎物一般，静静地等待着他的出现。

在阿姝的精心设计下，情节恰如他们在书店的初遇那般，阿姝经过林遇的座位时，手中的书掉落在地上，两个人同时弯腰抓住那本书，阿姝露出了她练过无数次的美丽笑容。看着林遇呆滞的目光，阿姝知道，她成功了。

"你也喜欢这本书吗？"林遇问。

"是啊！"阿姝优雅地将书合上，"尤其喜欢这个书名。"

"我也是因为这个书名喜欢上这本书的。"林遇说，"就像封面文字所说的那样，'岁月不曾打败少年住在心底的纯真与炙热，那是我们对抗这个残酷世界的火种'。里面的故事让我深深反思这些年生活中的蹉跎与龌龊，或许我们真的该执拗且纯真地活着，毕竟岁月有限，从不会给我们多余的时间。"

阿姝第一次没有过多地关注林遇说话的内容，她的脑子因为林遇的一句话变得乱哄哄的。她知道，林遇是《借我执拗如少年》这本书的作家的忠实粉丝。

爱情就这样开始了，像三流言情小说的桥段。

每次看到林遇温柔地呵护着身边的这个女人，我都会觉得一阵恍惚，那是一种真假影像重叠的眩晕感，我不知道这时的阿姝是否真的觉得幸福。应该是幸福的吧，毕竟那是十多年苦苦求索而来的结果。只是，如果早知道只需要手术刀轻轻一划就可以得到这个结果，那阿姝这十多年所做的努力又有什么意义呢？

这个问题于我始终是无解的。最初，看着阿姝那么幸福，我似乎找不到合适的时机去询问，当我觉得时机到来时，却发现已经没有问的必要了。

理解的、不理解的，它们共同组成了人生。

五

阿姝和林遇恋爱的日子，是我这十几年来唯一一段耳边没有"林遇"两个字的时光，我强烈期待这时光永远就这么走下去，但当阿姝哭着来找我的时候，我知道，事情开始朝着出乎意料的方向驶去。

"她们都很漂亮。"阿姝的声音有些委屈。

"你现在也很漂亮啊，而且还有些像范冰冰。"我努力安慰她。

阿姝抬起头，泪眼婆娑："可她们是真的，我是假的。"

"真假有什么重要呢？"我每一句话都讲得小心翼翼，"在爱情里，爱才是最重要的，只要你和林遇相爱，这就够了。"

"可是，看到她们，我觉得自己就像个骗子，根本配不上林遇。"阿姝哭着说。

我伸出手轻轻地揽过她的肩膀，希望能给她些许安全感："你不是说，为了林遇，你做什么都可以吗？更何况这根本不是骗，现在整容的人多了去了，这只能说明你是一个爱美的女孩。"

"我……"阿姝说不出什么所以然，只好一直哭。直到林遇打来电话，她才收住哭声，温柔地与他通话。

"你看，林遇还是爱你的。"我用鼓励的眼神看着她。

从那以后，阿姝有很长一段时间没再联系我。我想，她应该过得很幸福，看得出来，林遇很在乎她。

六

去年十月份，阿姝突然给我打电话说要结婚了。我脱口而出："恭喜你和林遇啊！"

阿姝在电话那头沉默了一会儿，声音很失落："不是林遇，是张言翔。"

"也是个帅哥吧！"虽然不知道是什么让阿姝放弃了她十几年执着如一的林遇，但她要结婚了，我还是挺为她高兴的。

"嗯……你来了就知道了。"

第一次见到张言翔时，我彻底呆掉了，虽然我自己也不是帅哥，但看到他的模样后，我觉得自己帅得无话可说。

张言翔嘴巴有些歪，还是斗鸡眼，当他看着别人的时候，很容易让人产生生理上的不适。他和阿姝站在一起，已经不是美女配野兽，而是美女配鬼怪了。本质上，我不是一个刻薄的人，但看到张言翔后，我还是情不自禁在暗地里一番咒骂。

"这到底是怎么回事儿？"我把阿姝拉到一旁质问。

阿姝摆了摆手，笑着说："就你看到的这样。"

"阿姝，不管怎样，你也不能自我放弃啊。"我劝导着，"不管是从前的你，还是现在的你，他张言翔都配不上啊。"

"但他爱我啊。"阿姝说。

我冷笑："他爱你的脸蛋吧！"

"那这样呢?"阿姝拿出手绢,在脸上狠狠一擦。

我发誓,我从来没看过那么恐怖的脸,一道道刀疤相互交错。

"你……"我已经被阿姝脸上的刀疤给吓傻了。

当她惨淡地笑着对我说"今天我结婚,你祝福我就好了"时,我知道自己已经没办法知道什么了。

生活已让每个人都疲惫不堪,我又何必苦苦追问!

七

几个月后,阿姝再次来找我。她看上去心情很不错,化了个淡妆,走近时,我看到她脸上的刀疤剩下浅浅的粉红的痕迹,不像之前那么恐怖,应该是用了些除疤的药。

"最近怎么样?"我刚坐下,阿姝就浅笑着问我。

我看着她,目光里满是疑问,说:"还好。不过,我还是更想知道你过得怎么样。"

"我啊,还不错,一切尘埃落定。"阿姝语气平淡。

"你的脸……"

"老张在美国买了最好的除疤药,再有一个疗程就不会再有疤痕了。"阿姝说这话时,眉眼中带着些许轻松。

我对阿姝前后的变化,充满了疑问,出于职业习惯和对她的关心,我决定还是直接开口问。我小心地调整语气,轻声说:"那段时

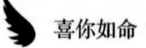

间……发生了什么？"

"没什么。"阿姝轻轻地叹了口气，"不过是一个在爱情面前极度自卑的丫头发了疯而已。"

和林遇在一起后的生活并不像她想象的那般美好，林遇对她越好，她越自卑，尤其是当各式各样的美女纷纷向林遇示好时，她觉得自己都快要疯掉了，每天都活在害怕被人揭穿而失去林遇的恐惧中。

林遇是她的神，每每感到恐惧时，她唯一能做的就是拼命地讨好林遇，为他付出更多。直到再也熬不下去了，她终于下定决心离开他。

八

阿姝说，和林遇分手那天，林遇抱着她死活不肯放手，她贪婪地嗅着独属于他的气息，几乎再次沉沦。

她说，她已经在他面前绽放过了，再待下去，等待她的就会是可怕的枯萎。她不要在他面前枯萎，她要他心里留下的永远是她最美的样子。

阿姝整容之后，很多男人开始疯狂地迷恋她。可离开林遇那天，阿姝坐在马路边号啕大哭，陪在她身边的却只有张言翔。

阿姝满脸泪痕地问他："你喜欢我？"

张言翔回答得很认真："我喜欢你。"

阿姝看着眼前这个丑陋的男人，眼里全是嘲讽，她似乎看到了曾经的自己，那么可悲。突然，她从包里拿出修眉刀，"刺啦"一下划在了精致的脸上，鲜血从伤口里冒出来，像皮肤流出的血泪。

"现在呢？"阿姝有些癫狂了。

张言翔被她突如其来的动作吓到了，但他还是点头说："喜欢！"

"那这样呢？"阿姝在脸上又划了一道，挑衅似的看着张言翔。

"喜欢！"

"这样？"

"喜欢！"

"你还敢喜欢？"

"喜欢！"

"为什么？"

"没有理由！"

"说你会爱我一辈子！"

"我张言翔爱阿姝一辈子！"

阿姝终于松了口，有些微弱地说："送我去医院吧……"

九

去医院的路上，阿姝靠在张言翔的肩膀上呢喃着："从今以后，除了结婚那天，我不会再化妆了。"

"听你的！只要你开心，怎样都好！"张言翔紧紧地抱着阿姝。

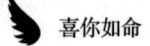

阿姝是带着恨意和张言翔结婚的，她恨这个男人为了她可以卑微至此，更恨他让她想起曾经如他一般卑微的自己。只是这种恨意，终究淹没在张言翔的温柔里。

"爱情可真是个奇怪的东西！"

"或许吧……"

我朋友的爱情有点诡

我做了一个奇怪的梦,梦见一个小男孩和一个小女孩坐在窗户上。

"我们一起跳下去吧,这样就能死掉。"

"好啊,这样,我们就能永远在一起了。"

"算了,我们还是别死了,那边的人我们都不认识,没什么意思。"

"说的也是。不过,我们以后要像正常人一样生活、结婚、生子,然后等老了,再一起去死。"

"好!"

一

她推门而入的一刹那，我吓了一大跳：一双通体雪白的大长腿直直地冲进了我的视线，高跟鞋目测超过十厘米，往上是齐臀牛仔裤，白色的细碎布絮随意散乱着，衬得双腿诱惑非常；上身穿着简单的白色 T 恤，中间有一个不知道是什么的卡通形象，脖颈光洁平滑，没有任何装饰物。

过了约莫一分钟，我终于看到了她的脸。没办法，一双好看的美腿对我这种宅男来说，诱惑实在是太大了。

她留着一头柔顺的长发，脸蛋也很精致，瓜子脸，略施粉黛。万幸，只差一点儿就成制式网红了。我不喜欢画浓妆的女人，大约是因为我有直男癌，又或者是我被网络上关于"化妆术"的段子吓到，总而言之，我比较喜欢素颜的女人，最多稍加修饰。

对她的印象总体感觉还不错，尽管她只是我的一个采访对象，我依然在第一时间默默地给她打了个高分。就这样，原本以为会枯燥无趣的采访，此刻似乎多了些许香艳的味道。

是的，我不是一个专业记者，可架不住朋友老徐的百般请求，终于在他答应请我吃麻辣小龙虾且不限量之后，替他出工了。拿着老徐做好的采访提纲，我多少有些忐忑，据他介绍，今天要采访的对象是个女医生，而且是精神科女医生。

在此之前，我对女医生，尤其是精神科女医生做了很多设想，她大约是严肃的、不苟言笑的，最重要的是长得非常丑，夜叉一般。我从好多书上看到过，精神病患者对事物的看法与常人相去甚远，由此可以想象，一个能和精神病患者长期相处且帮助他们康复的医生，需要多么强大的心理素质。再加上一些影视剧的疯狂渲染，以至于我一度怀疑所有的精神病医生实际上都是精神病患者。

倒不是对精神病患者有歧视，只是现在，我真的有点儿神经了，突然之间不知道该怎么办才好，这么漂亮的一个姑娘，却从事这样的一个职业，会不会……

好吧，原谅我是一个胆小却又喜欢胡思乱想的人。

"高记者，我们的采访可以开始了吗？"

听到她的声音，我才意识到自己有些怠慢了，忙正了正身体。她落落大方地冲我微笑，自然而得体。

"不好意思，被李医生的容貌给惊艳到了。"我收起那些乱七八糟的心思，注视着她的眼睛，半开玩笑地说，"您与我想象中的女医生有些不一样。"

她玩味地看了我一眼，眼神中的俏皮突然变得阴郁森冷："如果我告诉你，你心中所想的，就是最终答案呢？"

"什么？"我被吓得心理咯噔一跳，她反倒哈哈大笑起来："高记者，你这心理素质不行呀，哈哈！"

"见笑！见笑！"我觉得有些丢脸，调戏不成，反被对方来了个下马威，只好清了清嗓子正声说，"李医生，我们开始吧。"

这次是比较常规的采访，就是聊一聊现代精神病医院的一些改革措施，以及如何对精神病患者做相应的心理治疗，等等。

因为被李医生——李秋染吓了一跳，原本计划中的一些有趣轻松的话题，我也没好意思再提，至于精神科女医生会不会也有精神疾病这种毫无根据的猜想，更是消失得相当彻底。简单的采访结束之后，我就匆匆告辞了。

二

本以为与李秋染从此天涯陌路，却没想到，不久以后，我们再次相遇了。

那天淅淅沥沥地下着小雨，春寒料峭，是一个特别适合慵懒地蜷缩在被窝里酣睡的日子。可惜，我要早起。

老毒物是我的一个作家朋友，他的新书上市，要在杭州开发布会。发布会现场离我住的地方有点儿远，我在出租车上打了一路哈欠，才终于把瞌睡虫打跑。

刚走进书店，老毒物一眼就看到了我，冲我直招手，然后一顿寒暄，还送了一本签名书给我。这本书挺有趣的，写的是关于精神病患者的故事。

说起来，我这个朋友也够牛×，某天突发奇想，说想了解精神病患者的世界，结果就真花了两年多时间，跑了十几家精神病院，和各种精神病患者聊天。

这本书出版之前，我就在网络上看过他发的一些短篇，讲的是一个精神病患者发现了世界程序中存在的漏洞。这个患者严谨的逻辑和缜密的思维把我狠狠地震慑了，甚至让我一度怀疑，我们生存的这个所谓的真实世界，同样也是被主神设定的一道程序。

老毒物开玩笑说："别说是你，就连我跟那些患者聊完后，都开始怀疑本我的存在，甚至想过我们存在的这个世界，或许只不过是某些神秘存在的虚拟投影罢了。而且……"他神秘地说，"你知道吗？我深度怀疑，那些精神科医生都被患者们给感染了！"

"感染？"

"是的，就像病毒感染一样。大部分精神病患者思维逻辑非常严谨，如果没有强大的本我认知，很有可能会被感染。说实话，我觉得我快被感染了。"

"不是吧！"

对话到此，老毒物被人招呼着去准备发布会了，我百无聊赖地坐在一旁，漫无目的地扫视着渐渐聚拢起来的人群，以期能捕捉到一两个美女来养养眼。不负所望，一个漂亮姑娘进入我的视线，瓜子脸、披肩长发，戴着红框眼镜，手里捧着一本书，目光严肃而犀利。

没想到老毒物的书迷中竟然有如此极品的妹子。只不过，这姑娘有些眼熟，再多看几眼，好嘛，居然是李秋染！

想要过去打个招呼的念头一闪而过，然后立马就被自我否定了，毕竟只有过采访时的一面之缘，人家不一定会记得我呢！

"大家好，欢迎大家来到我的新书发布会现场……"

老毒物很个性，竟然自己客串主持。不过，他自诩风流才子，以他的个性，效果应该不会太差。果不其然，场子很快就热起来了，大家被他的妙语频频逗笑。

到了读者提问环节，我看见李秋染坚定地站起来，提出了第一个问题："欧阳老师，我已经拜读过您的作品。因为我本人是一名精神科医生，所以对您作品中的一些案例深有感触，但是，从某种角度来讲，我觉得您本人似乎有被精神病患者影响的倾向。尽管您一再表示，只是深入地走进了患者的精神世界，但您在作品中却有意无意地透露出，您对患者们的世界观表示认同。欧阳老师，这种情况，我可不可以理解为，实际上，您本身也是一名精神病患者？"

老毒物虽然一直面带微笑，但显然被她的问题吓了一跳，而且这个问题确实不太好回答，好在他还算机智："这位女士，首先我对您和您的职业表示钦佩。其次，我想说，这本书虽然以实体采访为原始材料，但它毕竟是一本小说，本身有很大的虚构成分，而让读者感受到虚幻世界的真实，也是写作本身的乐趣所在。就像大家熟知的《盗梦空间》《黑客帝国》等，这些作品也同样让读者怀疑这个世界的真实性。所以，我对那些患者世界观的认同，仅仅是我写作的一种手段而已。这样解释，希望您能满意。"

老毒物的神情中似乎有一丝厌恶，虽然一闪而逝，却被无聊的我给捕捉到了。接下来又有好几个读者提问，可我的脑海里却不停地回想着李秋染的话。

说实话，最近一段时间，老毒物的变化确实很大，经常会在朋友圈里发一些脑洞很大的东西，我一直以为这是作家的职业使然，可今天被李秋染这么一说，我觉得似乎还有别的可能。

发布会的后半程，我几乎陷入到各种莫名其妙的猜想当中，直到老毒物唤我吃饭时，才回过神来。也不知道李秋染什么时候离开的，没能和这样一个极品妹子搭讪，我觉得有些遗憾。

三

在老毒物的生日聚会上，我再次见到了李秋染。

一群人在KTV里鬼哭狼嚎的时候，老毒物拿过话筒，说："感谢兄弟姐妹们来捧我的场，今天，我要给大家介绍一个人，我的女朋友，李秋染。"

话音刚落，包厢门顺势被人打开，她一袭白色长裙，墨发如丝，披肩而下。

"李秋染！"我脱口而出。

实在太令人意外了，老毒物的女朋友竟然是李秋染，最重要的是，李秋染今天的装扮居然如此纯情！这姑娘未免也太神奇了些，竟然能将妩媚、严肃、纯情三种完全不同的风情转换得如此和谐，毫无违和感。

"你认识？"老毒物问我。

"是啊，以前采访过李医生。"我一把揽过老毒物的脖子，"快说，你是怎么勾搭上李医生的？"

"什么勾搭？别胡说，回头我悄悄告诉你！"老毒物神秘兮兮地笑了笑，转身就招呼别人去了。

和第一次见面不同，此刻李秋染安静得像一只温顺的猫，双腿并拢，靠在老毒物身边坐着，也不怎么说话。老毒物脱单成功，大家纷纷向他敬酒，结果喝得酩酊大醉。本以为他夜里定然是温香软玉在怀，没想到凌晨一点多，他竟然打电话叫我出去吃宵夜。

"老毒物，你脑子没问题吧！大半夜的，你不睡你的美妞儿，叫老子出来吃什么消夜啊！"一见面，我噼里啪啦地对着他就是一顿骂。

"这顿老子请还不行吗？麻小，想吃多少吃多少！"老毒物举手投降，我也见好就收。

"妹子呢？"我挤眉弄眼地问。

老毒物叹了口气："回家了！"

"不是吧，这你都能放走？"

"我故意的，没办法，兄弟我怕啊！"

"怕啥？人家一漂亮妹子都不怕，你有什么好怕的？"

"说多了都是泪啊！"

"那你先说说。"我一听，嘿，有事儿！

"你知道李秋染为什么会成为我女朋友吗？"

"我怎么知道？"我没好气地瞪了他一眼，那么极品的妹子肯插在他这坨牛粪上，他竟然还唉声叹气！

"老高，兄弟心里苦啊！"老毒物哭丧着脸说，"前段时间，我不是搞了个新书发布会吗？你也在的！那天她作为读者提问，直接怀疑我有精神病，我以为这事儿过去也就完了，结果她不知道从哪儿找到了我的电话，第二天就把我约了出去。我想，虽然这妹子的职业有点儿奇葩，可架不住长得漂亮啊！就去了。谁知道刚一见面，她就直接了当地跟我说，要做我女朋友！"

"这不挺美的吗？"

"如果到此为止，确实挺美的！"老毒物拿起酒杯跟我碰了一下，仰头干掉，"可你知道她后来说什么吗？她说：'我怀疑你有精神病，所以，我想当你的女朋友，方便对你的病情进行研究。'你不知道，她当时那表情就像一个偏执狂，我直接就给吓蒙了。兄弟我为了写作大业深入研究精神病患者，这有错吗？结果真被人当成精神病了，还说什么要近身研究，当这是写小说呢？"

"你答应了？"

"怎么可能？"老毒物瞪眼叫道，"我当然是义正言辞地拒绝啦！可她却说：'如果你不答应，我就将你是疑似精神病患者的事情说出去。如果你答应了，我可以贴身陪护哟！'你说，我还能怎么着？"

"所以，你就从了？"

"搁你，你不从啊？"

"那后来呢？"

"别提后来了，说出来都是泪啊！后来她还真搬过来跟我住一起了。刚开始，我还很认真地配合她治疗，就当玩儿COSPLAY了。可没过多久，我就有了一个发现，我怀疑她是精神病患者。就像我书里说的那样，精神病医生很有可能就是隐性的精神病患者。"

"不是吧！"我讶异地叫了出来。

"真的！你知道吗？最近她一直在给我灌输一个理论。"

"什么理论？"

"完美的爱情会让整个世界得到升华！"

"我去！这是什么理论？科幻言情剧吗？"

"是啊，以我两年研究精神病患者群体的经验来看，我觉得她肯定

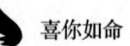

被'传染'了。"

"那你准备怎么办？"我没想到事情竟然变得这么复杂。

老毒物挠了挠头："说真的，我也不知道怎么办，精神病患者的神经很脆弱，我不知道怎么做才是正确的。她说，现在世界已经进入了一个瓶颈期，尽管现在科技、经济都很发达，但人们却沉沦于迷失自我。还说有一个无形的邪恶存在一直阻挠着世界的进步，而能打败这个邪恶存在的，就是一份真正的完美的爱情。她说，人类一直都在歌颂完美的爱情，比如梁山伯祝英台、罗密欧朱丽叶，等等，但这些爱情都没有好结局。实际上，就因为这个邪恶的存在，害怕完美的爱情会将它杀死，所以它选择杀死这些爱情。"

听着老毒物一本正经的讲述，我被逗乐了："这不是好多玛丽苏肥皂剧的套路吗？男女主情比金坚，因为爱情，他们心有灵犀，最后成功干掉大魔王。"

"是啊！可关键问题不是她的理论，而在于她讲这个事情时的神态，那种虔诚的模样，简直比信徒还要信徒，我都快疯了！她还说，要和我来一段完美的爱情，打败邪恶势力……我靠！怎么从我嘴里讲出来感觉这么幼稚啊？明明她说的时候那么一本正经！"老毒物有些受不了了，嗷嗷直叫。

"我看啊，应该是人家姑娘逗你玩儿呢吧？"

"但愿吧……"

老毒物明明讲得很认真，可有些话从他嘴里讲出来，怎么听怎么觉得好笑，所以我们也就将这个话题翻篇了。在我看来，他们那些所谓的事情，更像是一个有想法的妹子的撩汉招数，可怜老毒物还是太单纯。

那之后，被一个小姑娘忽悠得晕头转向的老毒物，一度成了我们大家调笑的对象。只是，没过多久，一件意想不到的事情搞得大家措手不及——老毒物被送进了精神病院！

四

老毒物穿着病号服，坐在我对面，神情有些紧张。突然，他握住我的手，问："老高，你相信我吗？"

我点了点头："我当然相信你了！"

"不枉我们十几年的朋友。我跟你说，我被李秋染给陷害了，她为了业绩，竟然诬陷我是精神病患者，还拉着我做了很多无聊的游戏，以此证明我是个精神病！"老毒物有些激动。

我看着老毒物，突然不知道该说些什么。说实话，我不相信老毒物有精神病，毕竟前段时间我们还在一起喝酒聊天，再者，他本身是一个作家，对一些事情的看法与常人不一样也是很正常的。但我还是无能为力，毕竟人微言轻，而且，李秋染的话也着实让我有些犹豫。

李秋染说："你知道吗？老毒物其实早就患有间歇性精神病，只是他自己没发现而已。"

我看着她面色憔悴地趴在栏杆上,双手交叉紧握,目光有些呆滞。

"你怎么知道?"

"我跟你说说我和他的故事吧!"

李秋染告诉我说,其实她和老毒物二十几年前就认识了。小时候他们是邻居,老毒物从小就患有先天性精神病,时不时地就会发作,但家人从来没有告诉过他。那时候,李秋染特别胆小,听家里人说老毒物是精神病患者,就一直躲着他。有一年夏天,李秋染到河边洗衣服,不小心跌落到河里,是老毒物路过把她救上来的。从那以后,她就特别感激老毒物。随着老毒物的年纪越来越大,发病越来越勤,周围的风言风语也越来越多,因此,老毒物一家搬走了,他们从此再也没见过面。后来,老毒物写作出名了,李秋染才再次找到他。

"我跟老毒物认识十几年了,我怎么就没发现他有这个病呢?"我疑惑地问道。

李秋染转头看了我一眼,神色略带凄然:"他大概已经掌握了自己发病的规律,所以每当他感觉自己快要发病时,就会一个人躲在家里。"

"这也能掌握?"我有些迟疑。

"我也不知道,但他似乎真的掌握了,而且,他一直很抗拒治疗,我不知道该怎么办才好。以他这种状况,如果不尽快治疗,只会更加麻烦。"

看着眼前激动的老毒物,我忽然有些不能确定这个世界的真假了。

李秋染说是为了老毒物好，老毒物却说李秋染在陷害他。这一切的真真假假好像是雾里看花，真让人头痛。

我还是很认真地答应了老毒物，要将他从精神病院拯救出来，于是，我决定约李秋染再好好地谈一次。

"我觉得，你的话有很多漏洞！"刚坐下，我就直接了当地开了口。

"是啊，但这就是事实。"李秋染无力地靠在沙发上，神情倦怠。

五

作为朋友，我一方面想拯救老毒物，另一方面又隐隐觉得李秋染的话，很有可能就是事实。我不是这方面的专家，唯一能做的，就是到老毒物的家乡去看一看，或许在那儿，能够得到一些答案。

列车一直往南开，到了一个很小的地方。说是很小，其实也很大。在这个叫作"上石桥"的小镇的一个村庄里，我第一次见到这么多山，第一次见到这么稀疏的房屋。沿着杂草丛生的乡间小路，我一直走到一个相对孤立的村庄里。庄内寂静无声，没有想象中的鸡鸣犬吠，只偶然会出现一两个戴着草帽、疲倦的农人，他们大都没什么兴趣地瞥我一眼，又继续走自己的路。

这就是老毒物和李秋染的家乡，比我想象中要荒凉许多。想想也是，大多数人都到城市里讨生活去了，混得不错的人恐怕也早就搬离了这里，要不然，那一幢幢两三层的楼房前，怎么会落叶堆积、荒草密布呢？

我走了很久，终于看到一位坐在院门前手拿木头拐杖正眯着眼打盹儿的老人，决定先向他问一问情况。老人耳朵不太好，即便我大声地叫喊着，他还是听不见，偶而听见一两句，可他说的又是方言，我也听不懂。这样的一无所获让我有些郁闷，便想看看能不能找到一两个孩子问问，只是，也许因为年代久远了，孩子们表示并不知道这两个人的事。

快到中午的时候，一辆轿车驶进村庄，开车的是个跟我年纪差不多的人，我连忙伸手拦住他的车，递给他一支烟，问道："你好，我是欧阳乾的朋友，方便向你打听一下他的情况吗？"欧阳乾是老毒物的名字。

开车的年轻人很是豪爽，指了指我身后的房子："这就是我家，到家里聊吧。"

"听说小乾进精神病院了，是真的吗？"刚坐下，他沏了杯茶递给我。

我点了点头，说："是的，但我不大相信他有精神病。"

他从怀里掏出一包烟，递给我一支，然后自己也点了一支，吐了口烟雾，说："我也不相信。我跟阿乾是发小，你看，那里就是他家。"

我顺着他的手指望去，看到一处破旧的平房，红色的砖瓦因为长时间被雨水冲刷，透着一种颓废的白，整个房子都快被不知名的野草淹没了。

"阿乾从小就很聪明,学习特别好。后来听说他成了一名作家,就再也没回过老家。"

"李秋染这个人你听过吗?"我问。

"她啊。"他的语气有些诧异,"李秋染也是我们的发小,只是她家很早就搬走了,原来的老房子早就被人推倒盖起了新房子。不过现在也没人住了,就在阿乾家旁边。"

我看了看,果然,老毒物家旁边有一幢三层的小洋楼,只不过也已残破。

"是李秋染把老毒物送进精神病院的,她现在是精神科的医生。"

"怎么可能?"他惊叫了一声,又有些不好意思地看了我一眼,"她从小就有精神方面的问题,她父母带她离开,很大一部分原因就是因为她有这方面的问题。"他指了指自己的脑袋,语气坚定。

"那阿乾呢?他小时候有没有什么比较特别的表现?跟李秋染关系怎么样?"

"阿乾……"他陷入回忆,"要说有什么特别的表现,就是他很喜欢一个人坐在河边发呆,经常是半天半天地坐在那里。我问过他,他说是在思考人生。那时候我实在无法理解,不过后来他当了作家,我就明白了。至于和李秋染……"他将烟头摁在烟灰缸里狠狠地揉了揉,"小时候,他是唯一和李秋染玩儿的人,哦,对了,好像还救过李秋染一次。"

"是吗？"我想起李秋染说的话。

"李秋染因为精神有些问题，好像是因为有什么事情想不开了跳河自杀，阿乾刚好路过，就把她救了上来。"

这显然和李秋染所说不符，但也差不多，也有可能她是去洗衣服的，但被别人误会成自杀。

"那时候，她多大？"

"七八岁，或者十一二岁吧，时间太长了，实在是记不清了。"他略带歉意地说。

"阿乾的家人呢？你知道他们在哪儿吗？"我想了想，还是得从他父母那里入手。一开始不想找他父母，是怕老人家接受不了自己儿子被送入精神病院的事实。

"在县城里，你等一下，我给你写个地址。"

六

和老毒物的发小告别后，我坐着城乡公交去了县城，按照地址找到了老毒物的家。开门的是个男人，穿着西装，五六十岁的模样，和老毒物有些像。

"请问，你找谁？"他问。

"叔叔您好，我是欧阳乾的朋友。我想做一期关于他的详细报道，但他似乎不愿意跟我讲他小时候的事情，所以只好来打扰您了。"

"哦，那进来吧。"老毒物的父亲拉开门后，我走进房间，看到墙上挂着一幅遗像，是个女人，大约四十岁的模样。

"这是阿乾他妈，去世的早。"老毒物的父亲声音有些清冷。

刚一坐下，他就直接问："你到底有什么事儿？"

"我……"我看着他的眼睛，眼眶深陷，精神状态不是很好。

"小乾最近根本不能做采访，一般记者估计也联系不上他。"老毒物的父亲语气平淡，显然是历经沧桑。

"其实……"我叹了口气，"叔叔，我并没有恶意。欧阳乾出了点儿问题，我只是想帮忙解决这个事情。"

"哦，他被送进精神病院了，对吧。"老毒物的父亲说这话时，像是泄了一口气，精神又差了几分。

"叔叔，我不相信他有这个毛病的，从高中到现在，我跟他是十几年的朋友了。"

"他的脑子确实有点儿小毛病。"老毒物的父亲说，"小的时候，这孩子有些自闭，后来不知怎么的，突然变得异常开朗，我和他妈还以为是他病好了，直到他大学毕业后，我们整理他的物品时，才发现了真相。"

老毒物的父亲说完，起身走入卧室，拿出了一个绿色封皮的日记本，已经很破旧了，他将日记本递给我。我打开日记本，有些傻掉了……

"这个世界果真是虚假的，我卖力地表演、搞笑，他们都为之高

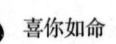

兴，好吧，不管怎么说，我算是找到了一个和大家相处的方法，尽管这个方法，我并不喜欢，甚至很讨厌，或者说恨。

"活着没什么意义，除了等待死亡。死亡会是精彩的吗？我很想尝试一下。但书本告诉我，人们告诉我，如果我先于我爸妈而死，会是一种悲剧。悲剧吗？我也不知道，算了，毕竟是他们将我带到这个世上的，好歹也要做做样子。

"我救了一个女孩。她要跳河自杀，从她站在河边时，我就一直看着她。本来，我想看她是怎么走向死亡的，好歹也算是为自己积累些经验，但她落水后，却伸出双手努力地挣扎。看来，她是不想死的，所以我救了她。在浅浅的河水里，有一瞬间，我想和她一起死，但最终还是没有。上岸后，我问她为什么要自杀，她说就是想试试。这让我觉得，她和我是一类人。"

……

快速地将日记看完，我无法想象，这是一个七八岁，或十一二岁的孩子写的日记，通篇充斥着死亡、灰暗。

"可我跟他认识十几年，没觉得他有问题啊！"合上日记本，我还是有些诧异，毕竟那个年纪，我也曾想过死亡。一直以来，我都认为儿童时期是很容易想到死亡问题的，因为遥远，所以好奇。

"上了初中之后，他就好了，再也没有这样的东西出现了。"老毒物的父亲指了指日记本。

七

从某种角度来说，现代人多多少少都会有一些精神疾病，但不至于把人送进精神病院吧。我决定再找李秋染谈一次。

"我去了你的老家，也见了老毒物的父亲，了解到一些事情，我很想知道，你到底在想些什么？"我很理智，眼睛直视着一身休闲装扮的李秋染。

"看来你知道了一些事情。"李秋染低垂着眉眼，"那我再给你讲些故事吧，关于我和他的。"

那年，老毒物将李秋染救起后，两个人就成了无话不谈的朋友。两个精神都有点儿问题的孩子，聊了很多灰色的事情，比如如何杀人，比如如何自杀……在这个过程中，他们几乎成为最了解彼此的存在，直到李秋染家搬离那个地方。

离开老家后，李秋染的父母带着她去看了很多精神科、心理科医生，在这个过程中，她渐渐学会了如何正常地表现，用她的话来说，就是她学会了如何更好地伪装。

"那你认为，老毒物也是伪装的？"

"很显然，像我们这样的人，怎么可能像你一样，以为全世界都充满阳光呢？我们只不过是更擅长伪装和压制罢了。"李秋染轻描淡写地说，"不过，后来，我真的从那种状态中走了出来，所以，我决定找到他，我想和他在一起。"

"你怎么知道老毒物还没走出来？"我问。

"他的书。他的书出卖了他内心的想法。"李秋染说，"我想帮他真正地从那种状态中走出来。"

对于人类精神世界这个领域，我是完全陌生的，心理疾病和精神病到底是不是一致的，我搞不懂，也无话可说。

"这样会不会太武断了？"我嘀咕着。

"你知道吗？很多精神病人，要么是遭遇了突然的打击，要么是有一个漫长的心理压制而后不断积累的过程，他已经到了这个边缘。"

"那你将他送进去，岂不是会更糟糕？"

"不过是以毒攻毒！"

"狗屁！"我有些怒了，我大致了解了李秋染的想法，她认为老毒物因长期心理灰暗，所以极有可能会成为精神病患者，于是她想用这种方法激起老毒物对正常生活的向往。

不过，逻辑好像不通。

八

我彻底陷入了死胡同，只好向老毒物宣告，我的计划破产了。

没想到老毒物却对我说："算了，就这样吧，如果她觉得开心。"

"那你……岂不是真的要成为一名精神病患者了？"

"老高，你知道吗？原来，李秋染就是我小时候喜欢的那个女孩。

那时，我和她都有些悲观，整天想的都是一些乱七八糟的事情，但自从和她一起玩儿以后，我就不再去想死亡之类的事情了，突然觉得生命之光开始照向我了。"老毒物嘟囔着，"但她好像还停留在以前，初次见面时，我没认出她来，我也是和她在一起很长时间之后，才知道的。"

"这么说，你们是误会了？解释一下，不就好啦？"我说。

"没那么简单。我觉得，她一直有块儿心病，这还是我偷看了她的日记才知道的。虽然这种行为有点儿无耻，但让我发现了真相。她离开老家后去了北京，她父母花了很多钱，终于把她治好了，她希望我也能被治好，所以才学了精神科。一直以来都挺好的，直到我写了那本书，她就怀疑我毛病没好……唉！"

"那你打算咋办？"

"能怎么办？配合治疗呗。然后有一天，被她治好，解开她的心病，而我落个美人在怀。"老毒物一脸坏笑。

"那你为什么不早告诉我？"

"我也是最近才发现的，而且你这货居然真的以为我得了精神病，还傻兮兮地去调查我！"老毒物鄙视地看了我一眼。

我半信半疑地看着老毒物。直到他脸上露出玩世不恭的笑容，我这才确定，他果然还是那个贱贱的老毒物！

九

　　他俩结婚那天，李秋染甩给我一个得意的眼神，然后一副小鸟依人的模样，靠在老毒物的肩膀上。

　　那天我喝大了，就睡在老毒物家的客房里。晚上，我做了一个奇怪的梦，梦见一个小男孩和一个小女孩坐在窗户上。

　　男孩对女孩说："我们一起跳下去吧，这样就能死掉。"

　　女孩笑得很开心："好啊，这样，我们就能永远在一起了。"

　　男孩忽然话锋一转："算了，我们还是别死了，那边的人我们都不认识，没什么意思。"

　　女孩看向他："说的也是。不过，我们以后要像正常人一样生活，结婚、生子，然后等老了，再一起去死。"

　　男孩点点头："好！"

　　我被这个怪异的梦给惊醒了，从床上坐起身来，透过窗户，看向小镇深处，静夜里的月色，透亮皎洁……

以婚姻之名，判你无期徒刑

　　大多数人的爱情，大抵如此，从陌生到熟悉，热恋、结婚、生子、争吵、麻木，甚至离婚，感情彻底破裂，乃至成为仇人。

　　如果，有一段爱情，是倒着发生的，那会是什么样？

　　他们怀着仇恨走入婚姻，努力扮演着自己的角色，日复一日，原本以为，看到他受伤、疲惫，她会特别开心，但他们的仇恨似乎变了味道，成了一种平静的、说不出的、茫然的感觉，可怕的事情发生了……

一

在这个世界上，人们选择结婚，不是因为爱，多数是因为恨。因为对一个人最好的报复，就是和他结婚，让他一生不得自由。

这是一个奇怪的世界，人们恨得越深，就越希望能够以婚姻为名，判对方无期徒刑。而相爱的人，往往选择给予对方自由，他们享受的，仅仅是精神和身体的欢愉。

有这么一对男女，彼此恨死了对方，他们的家族更是世仇，甚至双方都有亲属被对方伤害过。清官难断家务事，法律无法解决这些问题，所以，他们选择在教堂里判处对方无期徒刑。

"今天我们聚集在这里，是为了见证，张澍先生和吴菲小姐的婚礼。自人类进入新时期，婚姻便不再神圣，它从以往代表爱情、幸福，

喜你如命

逐渐走向了怨恨、诅咒。在爱情面前，伟大的人类选择放弃婚姻，因此，相爱的人是自由的、无拘束的，而相恨的人，则要面临最绝望的禁锢。"

神父神色肃穆地念着台词，是的，已经没有人愿意主持婚礼了，因为这代表着裹挟了怨恨、诅咒、禁锢的可怕契约的诞生。

"张澍先生，我将慎重地向你询问，如果你心中有一丝害怕、恐惧、后悔，你都可以说出否定答案。你愿意拿一生的自由作为筹码，娶你的仇人吴菲小姐为妻吗？"

神父紧张地看着这个站在他面前、穿着帅气白色西装的年轻男人，他多么希望这个年轻人选择拒绝，毕竟，这么好的年轻人，不能因为婚姻而毁掉一生。

"我愿意！"

唉！神父转身看向年轻漂亮的新娘，从她纯净的眼眸中可以看出，她是一个值得拥有美丽爱情的好姑娘。

"吴菲小姐，我将慎重地向你询问，如果你心中有一丝害怕、恐惧、后悔，你都可以说出否定答案。你愿意拿一生的自由作为筹码，嫁给你的仇人张澍先生为妻吗？"

神父从这个年轻漂亮的姑娘纯净的眼眸中，看到了燃烧着仇恨的烈火，他知道，今天，他又将见证一个人间悲剧。

"我愿意！"

神父牵起他们的手，用悲壮的语气说："这将是人世间，又一个凄凉的故事。我们见识到仇恨的力量是多么强大、恐怖,这两个年轻人愿意以自己一辈子的自由作为交换,来禁锢彼此的一生。尽管我们无力阻止这个悲剧的诞生,但我们仍然期待他们能够在婚姻生活中,消磨仇恨,甚至彼此产生爱意,并最终离婚。最后,身为世代传承的神父,请允许我来履行我的职责。两位新人,一旦交换戒指,就意味着,你们将自己的自由交付到对方手上,在以后的婚姻生活中,按照约定,你们必须忠实地扮演丈夫、妻子的角色。此刻,出于人性角度的考虑,以及我职业上一点儿小小的权力,我郑重地提醒两位,如果你们此时后悔,还来得及。"

这是一位善良的神父,他知道仇恨的力量是可怕的,所以哪怕只剩最后一丁点儿机会,他也愿意将自己的忠告说给两位新人听。

他曾查过典籍,古时候,人们因为相爱,愿意厮守终身,才会最终形成婚姻契约。他向往那种美好,或许,可以一辈子相爱的人组成的婚姻,才有意义吧?但同时,他也无法理解,所有的爱情都应当是无拘无束的,看看现在的人类,只要彼此有爱,他们无需对方承担任何责任、义务,只需要全心全意地爱恋就好。

而此刻,两位新人看着对方,眼神中尽是仇恨、冷漠,他们冷笑着为对方戴上戒指。这一生,他们再也无法逃脱了。

除非,他们之间,产生了爱情。

但,这是不可能的……

二

婚姻是无形的牢笼，它将你的时间、自由、金钱、爱情无情地拘禁起来，将完整的人剥削得残缺不全，用所谓丈夫、妻子的身份，压制人的天性。从结婚那天起，财产要共享、时间被限制、履行各种义务，最重要的是，你将无法再去爱另一个人，哪怕这个人是你的最爱。

对于已经结婚的人来说，最怕的就是在婚后遇到一生挚爱。这时候，你无法向对方表达爱意，否则就是出轨，对方同样无法向你表达爱意，否则就是破坏别人家庭。在这个世界，凡是违反《婚姻法典》的人，都将被判处死刑。

新婚夜是冰冷的。他们很想杀死对方，但杀死对方也会违反《婚姻法典》，所以，他们只能老老实实地扮演好自己的角色：一个负责任的丈夫，一个温和的妻子。这便是最大的煎熬，明明最恨的人就在眼前，你却要配合他做着最程序化的事情，时时刻刻如此，日日夜夜如此，年年岁岁如此，甚至，可能一辈子都是如此。这种惩罚，当真是仇人们能够给予彼此的、最残酷的惩罚！

吴菲似乎察觉到了什么，回头看了一眼，语气异常冷淡："你不用这么看着我，我知道你在想些什么，因为我也在想同样的事情。"

张澍立刻回击："你少自以为是，我怎么可能会和你想的一样？就算是仇恨，我也比你多一万倍。你这辈子都别想逃，我会用我的一生来禁锢你，然后让你在这种煎熬中慢慢死去，哈哈哈！"

"你以为我就会放过你吗？我早就有了一辈子禁锢你的决心，我真希望你能比我早一点儿死去，这样，我就是这场婚姻战争中的胜利者！不过你放心，至少在你死去之前，我会努力扮演好一个妻子的角色。"吴菲冷笑着说。

张澍嘲讽地看了吴菲一眼："那就拭目以待吧！看看究竟是我这个好丈夫先死呢，还是你这个好妻子先死。那么，开始吧！我亲爱的妻子，让我来脱光你的衣服，拥抱你肮脏的身体吧！"

"哼！我为接下来的事情感到恶心！"吴菲厌恶地骂道。

新婚之夜，意味着契约正式开始，等到第二天太阳初升之时，他们将开始备受煎熬的生活。哪怕他们强烈地恨着对方，也要努力扮演婚姻赋予他们的角色，以及这个角色所要履行的一切义务。

这种煎熬，日复一日，永无止境，直至死亡把他们分开。

三

一大早，她早早地起床，打扫卫生，并准备和他共进早餐。

这偌大的房子，是双方父母共同筹资购买的，是钢筋水泥铸造的牢房，而她将要在这里度过一生，并永远失去追求向往的、美好的生活的权力。她并不为此感到后悔，因为她的仇人、那个正在洗漱间洗漱的男人，将会陪她一起度过这漫长而痛苦的一生，无法挣脱。

有时候，她会想念爱情的味道。她也曾有过一段恋爱，那段时光里，她的天空是蓝的，空气是清新的，一切的一切都透着美好和甜蜜，而现在，她的世界变得单调乏味，所有的事物都散发着腐烂变质的气息。这便是婚姻，一个以牺牲自己为前提的仇恨契约。

她不知道，这种法律是从什么时候开始实施的，但她庆幸这种法律的存在。否则，在遵纪守法的前提下，仅凭她和她的家族，根本无法惩处他们的仇人。现在，她和他能够以婚姻之名结为夫妻，互相惩罚，这或许是最好的结果。

"早上好，早餐已经为你准备好了。"按照《婚姻法典》的规定，这是她必须要说的话。

"嗯，好的，辛苦你了，老婆。"他像个复读机一样，毫无感情地复读着那些已经背诵好的台词。

"今天的早餐怎么样？还合胃口吧？"

"嗯，很棒，简直是完美极了。"

不过几句简单的对话，却让两人都感觉异常恶心，尽管他们只是按照法典上的台词麻木地念着，但既然决定要互相折磨，该走的程序还是要走的。

他放下碗筷后，她抽出一条湿纸巾递给他。他接过湿纸巾擦了擦嘴，说："我要去上班了。"

她连忙拿来他的外套。他接过外套，说："别太累，多出去走动走动，对身体好。"

她回答："你也是，不要累着自己。"

"那么,再见,亲爱的老婆。"

"再见,亲爱的老公。"

站在门前,目送着英俊潇洒的他开着车子离开,直到车子消失在视线范围之内,她才转身回到房屋里,接着洗刷碗筷、洗衣服、打扫卫生。等一桩桩事情忙下来,她才猛地发现,已经到中午了。幸好他中午不回来吃饭,她简单地吃了几口,这才有一点儿休息的空当。

婚后的生活果然是辛苦的,她想,这大概就是婚姻的惩罚意义所在吧!

晚上,她早早地做好晚饭,坐在屋子里等着他回家。果然,八点整,他准时推开了家门。

她接过他的上衣,给他一个轻轻的拥抱:"辛苦了,老公。"

"你也辛苦了,老婆。"

"今天做了你最爱吃的盐焗鸡,快来尝尝吧。"

"谢谢你,老婆。"

又是一段套路式对话。走完流程后,他们开始吃饭。饭后,她又开始洗碗、拖地,并为他找来换洗的衣服。

等到终于躺在床上休息的时候,她心里不住地哀叹:好累!

四

今天是发工资的日子。以往这个时候,他会拿着钱去泡一泡酒吧,或者找几个兄弟大吃一顿。但今天，他看了看手表，已经是下午六点四十分了。开车回家需要三十分钟，再留出十分钟的机动时间，他一般是在离八点还剩四十分钟时才开始往家赶。

还有四十分钟的时间，他想去喝一杯，但《婚姻法典》规定，男人不能带着酒气回家，更何况一会儿自己还要开车。要不去喝杯咖啡？想想觉得索然无味。

"看看《婚姻法典》有没有提示。"他自言自语地说着，结果打开一看，他彻底傻掉了。法典提示：男人拿到工资后，应当选择上交，并给女人买一件礼物，根据女性的爱好排序，建议购买商品为：衣服、包包、首饰。

随即一想，如果她穿着我买给她的衣服，心里一定会很难受吧！我每天都要那么痛苦地吃她给我做的食物，今天终于可以报仇了！哈哈哈！

他迅速去商场买了两件女装，付款时，销售小姐随口问是给谁买的。当他回答是买给妻子的时候，销售小姐向他投来一束同情的目光，但他丝毫不以为意。只要一想到她穿着他买给她的衣服，内心充满了痛苦和煎熬，他就觉得心情好了很多。

晚上八点整，他准时推开了家门。其实，他七点五十时已经到了，但没进门，而是抽了一支烟，一直等到手表指针正好落在八点的时候，才推开家门。

"亲爱的，你回来了。"

"嗯,亲爱的,快看看我给你买了什么?"他用兴奋的语气说道。

她机械地反问:"是什么呀,亲爱的?"

"当当当当!是衣服,这是本季最流行的款式,快穿上让我看看。"他迫不及待地想要看到她穿着他买的衣服时,那一脸痛苦的表情。

她闻言,神色有些黯然,但还是选择回到卧室换上了衣服。她感觉自己就像个小丑,被他无情地羞辱着,这就是夫妻,这就是婚姻。

走出卧室的时候,她已经收拾好情绪。她不能表现出痛苦的样子,更不能让他的计谋得逞。

"哇哦!好棒,亲爱的,你穿着实在太美了!"他语气兴奋地赞美着。

她寡淡地应答:"谢谢你,亲爱的,我爱你。"

"我也爱你!"

然后,他们程序化地亲吻着对方。那一刻,他们感受到胃酸在身体里不断翻涌。

五

结过婚的人都说,婚姻生活终将走向平庸,并会使人变得麻木。不管曾经拥有多么大的仇恨,最后都会被婚姻生活消磨得寡淡无味。

没有花费很长的时间,他们就清楚地感受到了这一点。他们每天都按照《婚姻法典》里面的教导,努力扮演着自己的角色,日复一日,完全没有了当初结婚时,想要时时刻刻给予对方痛苦的冲动,反倒慢慢地演变成了一种机械化、程序化的生活。他们就像两个机器人,生活得有模有样,一板一眼。

生活总是充满意外……

那天晚上,已过了八点,他还没有回来,她已经站在玄关处十几分钟了,还不见有人开门。她越等越兴奋,他终于违反了婚姻生活的规则。脑海里闪过无数个惩罚他的方法,鞭刑、财产赔偿,等等。然而,她等到的却是医院的一通电话,他出车祸了。

当她抵达医院时,他已经被推入手术室。

医生问:"你是病人家属?"

"是的,我是他的妻子。"

医生奇怪地看了她一眼,说:"虽然你们是夫妻关系,但我还是希望你能够慎重地对待他受伤这件事。不管你们之间发生过什么,这毕竟关系到一条人命。而且,根据我国《婚姻法典》的规定,你也有责任和义务全心全意地照料他的生活。"

话到最后,医生的口吻带了一丝威胁。毕竟是结过婚的夫妻啊!谁敢保证,她在执行妻子任务时,不会被仇恨冲昏头脑,干出一些出格的事情来呢?

"你放心,我会严格遵守《婚姻法典》的。"

再次见到他时,他缠着绷带的模样,让她有些兴奋,又有一些沮丧。兴奋的是,他那么狼狈凄惨的模样,已经全数落在她的眼里;沮丧的是,她必须要履行一个妻子的责任,去照顾他的生活。

万一,他成了植物人,我该怎么办?难道要照顾他一辈子吗?想到这一点,她有些惶恐。

"你太狠了,居然用这种方式来惩罚我!"她自言自语。

短暂忖度后,她决定完全按照《婚姻法典》的规定,履行一个妻子的责任,她自我安慰:"我的细心照料,我的每一句关怀的话语,一定会让你更加痛苦吧!"

她每天都陪在他的身边,为他做饭、洗漱,给他讲述一些社会上发生的趣闻。因为摔断了腿,她还要扶着他坐上轮椅,陪他做康复训练。甚至,在夜里,她还要趴在床边睡觉,因为他有起夜的需求。

日子一天天过去了,她疲惫不堪,他沉默不语。

她的身体一天天消瘦下去,形容日渐枯槁,这本应该是一件让他感到愉快的事情,他却忽然觉得,自己心里没有那么多的仇恨了。

终于,在他康复前夕,她彻底地累垮了。她像他那样躺在病床上,身体虚弱。她觉得,这就是婚姻的力量,可以用无数种方法,来让他们惩罚彼此。

他开始每天为她做饭、洗漱,陪她谈心。

在出院前的一个夜里,她忍不住问他:"你觉得开心吗?"

"还好,你呢?"他有些疲倦地反问道。

"我说不上来是一种什么感觉。我原本以为,看到你受伤,看到你疲惫,我会特别开心,我认为这是对你最好的惩罚。同样的,我的疲怠、我的虚弱，也应该是对我最好的惩罚。可我终究是个女人，我有些累了，这场战争，恐怕，你要赢了。"她语气平淡地回答。

"呵呵！我也希望我能开心，但心里的感觉骗不了人，那是一种酸涩的、莫名的感觉，让我有些纠结。"

"看来，我们已经用婚姻彻彻底底地惩罚了对方。而这种惩罚，还将持续下去。"

"是的，还会继续。"

"这或许就是麻木的感觉吧，你觉得呢？"

他想了想，说："或许吧。"

六

很多契约婚姻终将走向破产。古时候，爱情会因为被婚姻生活杀死而破产；现在，仇恨同样会因为被婚姻生活消磨殆尽而宣告破产。

古人都认为：婚姻是爱情的坟墓。聪明的现代人绝不会将爱情带入坟墓，他们的坟墓，大多是用来埋葬仇恨。

自从那次两个人先后受伤、生病后，他们之间的仇恨似乎变了味道，成了一种平静的、说不出的、茫然的感觉。他们每天精心地扮演着丈夫、妻子的角色，享受着对方为自己提供的最高质量的、程序化的婚姻服务，却并未从中得到一丝快感，尤其是报复的快感。

终于有一天，他们决定离婚。不为别的，因为爱情。

是的，可怕的事情终于发生了，他们竟然在数次碰撞之中，在角色扮演之中，消灭了仇恨，产生了爱意。

《婚姻法典》规定，在婚姻中产生爱情的两个人将必须离婚，因为美好的爱情不能被婚姻这座坟墓所埋葬。

在民政局，他和她牵着彼此的手。为他们办手续的是一个和蔼的中年妇女。

"孩子们，恭喜你们离婚了。"

"是的，这确实值得恭喜，不过，我们可不可以不离婚？"他说，"就像古人一样。我们相信，我们的爱情可以一直延续下去，即便面临的是婚姻这个坟墓，我们依然有信心，直到死亡把我们分开，我们还会彼此相爱。"

"你也这样认为吗，漂亮的姑娘？"中年妇女看着她，问道。

"是的，我也是这样认为的。"她幸福地点了点头。

中年妇女突然变得异常严肃："别开玩笑了，孩子们。婚姻是不会给爱情带来任何好处的，如果你们愿意相爱一生，就不需要以婚姻之名来为你们加冕。更何况，法律已经明确规定，相爱的人不能结婚。"

七

他和她最终还是离婚了，但他们依然生活在一起。

他们的家族成员都无法理解，两个彼此仇恨的人怎么可能会成为恋人？面对家人的不理解，他们选择了沉默，并搬离了原来的城市。

在陌生的异乡，他们加入了一个复古组织。这个组织信奉古人的观点：婚姻是神圣的，它是两个人海誓山盟的契约，是两个人愿意天长地久地生活在一起的证明，是对爱情最美好的祝福。

很显然，这是一场无休止的斗争。

他们组织的领袖在竞争国家元首时，进行了一场轰动的演讲。

"目前，我国的离婚率已经越来越高，这充分证明，婚姻并不是惩罚仇人、禁锢仇人的最好方式。这些人之所以选择离婚，是因为他们违背了现有的《婚姻法典》，在婚姻生活中爱上了曾经彼此仇恨的人。

"这表明，婚姻和仇恨无关，它是诞生爱的地方。尽管史料记载，曾经有很多人因为婚姻而失去爱情，甚至古籍里还有'婚姻是爱情的坟墓'的记载，但事实上，追根究底，是这些人原本就没有一直爱下去的勇气。

"真正美好的爱情是需要祝福的，是需要加冕的，而婚姻就是对爱情最好的加冕。人们在婚礼上接受亲朋好友的祝福，然后像古时候的祝词所说的那样'白头偕老'。

"是的，婚后的生活会渐趋平淡无趣。柴米油盐酱醋茶，这些索然无味的、物质化的东西，会一点点消磨掉人们心中的浪漫。但是，如果没有婚姻，你们就不用面对这些事情了吗？婚姻的美妙之处就在于，你将和你爱的人一起面对这些无趣的事情，然后将它们变得鲜活有趣。

"有人说，古时候的很多婚姻，是从美好走向肮脏，他们从美妙的爱情开始,到最终的情感破裂,然后离婚。而现代人的爱情,则是从肮脏走向美好,他们因仇恨而选择婚姻,并最终在婚姻里相爱,最后选择离婚。从这个角度来讲,现在的婚姻制度,比古代的婚姻制度更加进化。

"我甚至都不想去反驳他们,我看到的是更多怀着仇恨的两个人,在现行的婚姻制度下逐渐走向疯狂,甚至毁灭。可以想象一下,如果你每天和一个仇人生活在一起,一生中的绝大部分时间都要与之产生交集,这将是一件多么恐怖的事情。

"所以,我的竞选宣言是:让所有的婚姻都成为对美好爱情的祝福。我呼吁,复兴古代婚姻观!"

八

"我要结婚了。"

"祝你们夫妻恩爱,白头偕老!"

删除痛苦

既然是痛苦的记忆，那就彻底地忘掉吧。
可以吗？
只要你不后悔。

我选择复活她！
好！拿你的身体作为筹码，我复活她，并让她回到之前的状态，而你则会做十年的植物人。
可以！

我……爱你！这是他十年来的第一句回应。
阿恒，你醒了！

一

胡曦面前是一家心理诊所，门面小得可怜，要不是还有个牌子写着"心理诊所"四个大字，恐怕没人知道这个店是干什么的。不过，即便是知道，需要找心理医生的人也绝不会找到这里，就这装修，也太不权威了。

胡曦径直推开那半扇积满了灰尘的玻璃门，屋里的光线有些昏暗，摆设极为简单，几个空空的书架上零散地放着几本书，没有任何与医疗有关的器具，不过她似乎并没有在意这些，毕竟已不是第一次到这儿来了。

走到左手边的书架旁，伸手拿出第三行第四列格子里的一本书，书名叫《因为是你，我不顾一切》。胡曦冷哼一声，现在讲爱情的书那么多,她还从来没见过有什么完美的爱情真实存在呢!故事里的爱情都是别人的,你再怎么努力学,都不可能得到,就像念书时,你花时间最长的那一门功课,往往不是你最擅长的,而是你学得最差的。

她随意地翻开书,许是有些气愤,"刺啦"一声,撕掉了图书的封面,而后将书又塞进了那个格子。

"好了。"她自言自语。

话音刚落,那书架突然缓缓拉开,一道门出现在她的眼前。

推门而入,与刚才的昏暗不同,这里灯火通明,屋子里摆满了精密的仪器,强烈的灯光刺得胡曦有些睁不开眼睛,只能下意识地用手遮挡着。

"你来了?"一个温暖的声音响起。

她点了点头,看见温暖声音的主人对面,正坐着一个梨花带雨的女孩。女孩很漂亮,如墨般乌黑光亮的秀发,玲珑有致的身材,白皙胜雪的肌肤,还有精致的脸蛋儿,就像上帝的宠儿。不过胡曦心里没有丝毫嫉妒,她知道到这里来的都是些什么人,何况人生已过半,什么样的美貌没见过。

"你在旁边坐下,等一会儿。"

声音的主人文灏,是一位长得比时下当红小鲜肉还要俊俏几分的男人。

"没关系吗?"

"没关系,反正她再过一会儿就会忘记那些不好的事情了。"

删除痛苦

女孩正在对文灏讲述自己的故事,文灏一直保持着温暖的笑容,时不时温柔地回应一两句。胡曦优雅地坐在一旁,神色淡然地看着文灏这些年来未有一丝一毫苍老的脸,忽然意识到,自己认识这个男人二十多年了,她都已经四十四岁了。

女孩的故事是悲伤的,青梅竹马的男朋友和最好的闺蜜背着她在一起了,她发现后,二人非但没有认错,反而一直数落着她的不是,说她阻挡了他们的爱情。女孩很痛苦,想忘掉这段记忆。

既然痛苦,那就彻底忘掉吧。胡曦在心里默念着,不由得想起了第一次见到文灏的场景。她已经不记得自己当初为什么那么痛苦了,毕竟那些相关的记忆早被文灏消除得一干二净,但她还记得那天的场景。

那是一个深夜,她独自一人坐在马路边痛哭流涕,她记得,当时的自己应该是准备自杀的。就在这时,一个帅气的男人递给她一块手帕,并告诉她:"既然是痛苦的记忆,那就彻底忘掉吧。"

"可以吗?"她抬头,泪眼蒙眬。

"只要你不后悔。"

"我已经这么痛苦了,为什么还要后悔?可这世上哪有什么能消除痛苦记忆的药啊?你有吗?如果有,请给我一粒。"

男人耸了耸肩,说:"我还真没有那种能消除痛苦记忆的药,不过,倒是有一支能够消除记忆的录音笔。只要你对着它讲出令你痛苦的原因,你将彻彻底底地忘掉这件事,再也不会为之痛苦。你要吗?"

"我要，你把那录音笔给我找来。"胡曦知道，这个男人或许只是出于好心安慰她，世界上怎么可能会有能消除人痛苦记忆的东西存在呢？如果真的有，那就不会有那么多像她一样痛苦的人了，这个世界也会幸福很多。

她怎么也没有想到，那个男人真的给了她一支录音笔。等她发泄一般对着录音笔哭诉完毕，就感觉身体里像有什么东西被抽走了一般，整个人都空落落的，除了记得自己刚刚在为某件事情痛苦外，让她痛苦的原因是什么，她真的忘记了，没有一点儿真实感。

胡曦抹掉脸上的泪水，怔怔地看着眼前这个微笑着的男人，又看了看手中的录音笔，迟疑地问："我忘了什么？"

"既然你已经选择忘记，就不要再想着记起来了，因为那是令你痛苦不堪的东西，就在几分钟前，那些记忆曾让你决定告别尘世。"

很多年后，胡曦再次来到这里，不是想让文灏帮她消除痛苦的记忆，而是想找回那些痛苦记忆。

这些年，她回忆自己的过往，多是欢乐与平静，但她并未感觉到内心有真正的欢愉，反而总有一种淡淡的怅然萦绕心头，她很清楚，自己有过三段痛苦的记忆。

如果找回这些记忆，她可能会痛不欲生，甚至会选择自杀，但她还是来了，因为她遇到了一个她决定为其付出一生的男人，她觉得自己已经有足够的勇气去面对曾经的不堪。或许，因为有过那些痛苦，她会更加珍惜现在的幸福。为了爱，她可以选择破釜沉舟。

"我忘记了什么？"女孩像当初的胡曦一样，在忘记那些痛苦之后，十分茫然、困惑。

"那是一些让你痛不欲生的经历，一些让你生不如死的回忆。"

"哦，那就忘了吧。"

二

看着女孩离去的背影，胡曦忽然有种冲动，想去问问她，是否想找回那段记忆。在她看来，那个女孩所谓的痛苦记忆，不过是很多人都经历过的事情而已。虽然痛苦，但还不至于绝望。

"有什么需要帮的吗？"文灏淡淡地看着她。

"文医生，我想……我想找回那些记忆，不管付出什么样的代价。"她有些紧张。

文灏眉眼带笑，清澈的眸子似乎要从胡曦的脸上寻找出一些蛛丝马迹："为什么想要找回那些记忆呢？它曾经令你痛苦，不是吗？"

"我已经四十多岁了，比起忘记那些痛苦，我更想要一个完整的人生。"

"仅此而已？"

"还有，我遇到一份可以托付终身的爱情，我希望能将自己完整地交给他，虽然肉体无法做到，但至少，我希望灵魂是完整的。"

"哦！"文灏沉吟着，"你有没有想过，如果你恢复了那些记忆，

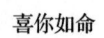

可能会对你现在的生活造成巨大的、糟糕的影响！"

"想过，但那些记忆毕竟属于我。"

"那好！"文灏点了点头，"不过你要付出巨大的代价。"

"任何代价我都可以接受！"

"真的？难道你不想知道我要你付出的代价是什么吗？"文灏玩味地问。

胡曦有些紧张，迟疑地问："那您说说。"

文灏浅笑，温文尔雅的君子模样："我要拿走你的快乐。"

"什么？"显然，她被这个答案吓到了。

"对于我来说，这毕竟是一笔交易。就像当初我帮你消除记忆，而我则得到了你那些记忆。你之砒霜，我之蜜糖，你急于忘却的，却是我认为值得珍藏的。"

"还有别的……"她有些说不出口，毕竟当初要消除记忆的是自己，现在要寻回记忆的也是自己。

他沉思了一会儿，说："看在你是老客户的份儿上，我就答应你换个条件。"

"是什么？"她脱口而出。

"找回这些记忆之后，你需要承受比最初放大十倍的痛苦。"声音依然温和有礼，听在胡曦的耳朵里，却是一阵恶寒，忽然间，生出一种好似与魔鬼做交易的错觉。

"好！"

她最终还是答应了。不就是十倍地放大痛苦吗？她相信，这些年的平静和快乐，让她有足够强大的内心去消化这些痛苦。

"那好，这三支录音笔，你拿回去。听完之后，那些记忆自然会回到你的脑海里。另外，我为你设置了不可逆转模式，即便你不听录音，三天后，那些记忆依旧会回到你的脑海里，刻骨铭心，永生不忘。"

三

连续两天，胡曦都像灵魂离体一般，总坐在窗前发呆。

男朋友走过来，温柔地抱着她："亲爱的，是不是遇到不开心的事情了？说出来，我陪你一起解决。"

他是一个温暖的好男人，从遇到他的那一天起，她就知道。

那天，大雨瓢泼，她加班到深夜，打着小小的雨伞一个人走在空荡的大街上，莫名的、巨大的孤独感席卷而来，整个人像被抽空了一般，头部一阵眩晕……

等她醒来的时候，发现自己躺在医院里，一个陌生的中年男人正在她身边温和地看着她。

"你醒了？"

"你是谁？"

"昨天我开车回家，看你晕倒在街上，就送你来医院了。"

"谢谢你。"

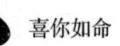

就这样,她和他相识了,再后来,他们渐渐熟悉,并最终走到了一起。他向她求婚的那天,她迟疑了,没有答应。

她知道自己失去了三段记忆,却不知道,在那三段记忆里,自己是个什么样的人。她害怕在那三段忘记的记忆里,自己是一个不好的人,配不上他,更害怕,万一那些她忘记了的真相被他知道后,他会用异样的眼光看她。归根结底,她害怕失去他。所以,她要找回那些记忆。只有确定自己是个好女人,她才能安心地嫁给他,和他共度余生。

"没什么,在想一些往事。"她转过身,回应着他的拥抱,"亲爱的,我没答应你的求婚,你会不会恨我?"

"怎么会?我也希望你做好完全的准备,这样我们才能毫无负担地一起走向未来的人生。"他总是如此体贴。

她泪眼蒙眬,被他简单的话语所感动:"放心,很快我就会答应你,只是在此之前,我有些事情需要了结。"

"你尽管去做,我相信你。"他低头,在她的额头轻轻一吻。

她看着他的脸,柔情蜜意,让人沉沦。她很想告诉他,自己曾经失去过三段记忆,但是她害怕。

"如果你把自己曾经失去过记忆的事情告诉其他人,那么,那个知情的人将会立刻从这个世界消失。"

胡曦清楚地记得,文灏说出这句话时候的模样,儒雅而温和,却让人毛骨悚然。

"亲爱的。"她轻声呼唤着他。

"嗯？"

"我爱你。"

"我也爱你。"

四

白天的时候，胡曦趁值班人员不注意，躲进市区一个植物公园的厕所里，直到夜深了才出来。

她找了一片寂静的小树林，坐在小溪旁边。文灏警告过她，播放录音时，一定要找个没人的地方，否则将会有不好的事情发生。

她本想选择在家里听，但她更希望，当回到家中时，自己已经凭着他深情的爱恋消化掉这些痛苦。

这是一个寂寥的夜晚，星空高悬，遥远而深邃。不知名的虫鸣、溪流潺潺的水声，还有风过树林的轻啸，以及坐在这里郑重地看着手中录音笔的她。这一切，就像一个仪式。也该有这么一个仪式的，毕竟这是她四十多年中最痛苦的三段记忆。

她取出了其中一个录音笔，这是她消除的第一段记忆。她将手指轻轻地放在按钮上，身体微微颤抖着。只需轻轻一按，记忆就会随之而来，心里却闪过一丝慌乱，她忽然有些后悔自己的冲动了，万一扛不住该怎么办？她咬着嘴唇，猛地闭上眼睛，摁下了那个按钮……

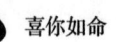

第二天，晨风穿过树林，空气中弥漫着湿润的雾气，一个护林工人早早地带着工具巡山。在小溪旁，他发现了一具尸体，是一个衣着得体却神色痛苦的女人。他迅速报了警。

警察在现场找到了三支录音笔，原本以为是女人在临死前录的一些话，但打开录音笔后，发现里面没有任何声音。除了脸上痛苦的表情，女人的身体上没有一丝伤痕，法医最终鉴定，该女性死因为乙酰胆碱异常增多导致心脏骤停。换言之，就是因情绪过度激动而死，从她的面部表情来看，显然是悲伤过度。

不是自杀，亦非他杀，只能说这个女人的死亡是一场意外。可到底是怎样巨大的痛苦，才会让一个人因此而死掉呢？

五

他叫高智恒，一个事业有成的中年男子，而且快要结婚了。可让他意外的是，今天早上，他被叫到警察局，见到了他将要娶回家的女人。

整个上午，他麻木地接受着警察的盘问，毕竟他是她在这个城市里最亲近的人。法医诊断她因悲伤过度而死，目前看来，能给她带来悲伤的，似乎只有他。他成了头号"嫌疑犯"，虽然他不用为此负法律责任。

只有他自己知道，和她在一起的日子里，他们一直是幸福而甜蜜的。再次看到她的尸体时,他感到有一种力量用力撕扯着他的肺叶,几乎令他窒息。他想,如果这种窒息感再强烈一些,或者,自己就会死去。他不知道她到底经历了怎样的事情,竟然让她比现在的他还要痛苦。

收拾好她的遗物之后,他决定去寻找她的死因。她不是一个多么神秘的人,关于她的一切,很快就有了眉目。当一沓资料放在他面前时,他有些恍惚,从没想过,自己深爱的女人竟然经历过如此巨大的痛苦。

十八岁,高考失利,她一个人躲在路边哭泣,却遇到一个喝醉的酒鬼,本就哭得没什么力气的她,被酒鬼玷污了。

二十六岁,她喜欢上了一个男人,但那个男人却是个渣男,跟她在一起的一年多时间里,不仅和其他女人暧昧不清,还骗光了她所有的钱,害得她被房东赶了出来,流落街头。

三十二岁,她结婚了,对方是相亲认识的一个老实男人。没想到,这个男人是个赌徒,天天就知道拿着她的工资滥赌,输了钱就打她,她经常遍体鳞伤。最终,那男人打断了她一条腿,从保险公司拿到几十万的赔偿后,才答应与她离婚。

……

他不知道这些年她是怎么过来的,但这个女人的坚强与坚韧,让他心疼。正因如此,他更加不明白,她究竟为何而死。这么多的苦难都过来了,还有什么事情能让她过度悲伤,甚至死去?

六

　　一个男人找到高智恒，对他说："你有两个选择，我帮你忘记胡曦，或者，我帮你复活她。"

　　他看着这个男人，很年轻，二十多岁的样子，穿着得体，脸上透着自信。如果是谈别的事情，他会对他产生好感，但他说的话，实在荒唐得有些过头，而且还与她有关，所以他很气愤。

　　"在我没发火之前，希望你能赶紧离开。"高智恒压抑着愤怒。

　　男人像没听到高智恒的话一般，微笑地看着他："胡曦之所以能活到现在才死，是因为我拿走了她那三段记忆。"

　　"什么？！"

　　男人叹息着摇了摇头："可惜，这个傻女人，为了能够将灵魂完整地交给你，选择找回曾经的记忆。我跟她说过，寻回记忆会比当年更痛苦。"

　　"这么说，是你杀了胡曦！"高智恒愤怒地看着他。

　　"呵呵！"帅气男人不以为意，"看来，你已经被痛苦和愤怒侵蚀得失去理智了。"

　　"那好，我选择复活她！"说出这话时，高智恒一脸冷笑地看着男人，神情疯狂，"你不是说你能复活她吗？我选择复活她！"

　　"看来你根本不相信我。"男人笑着说。

　　"你倒是复活她啊！"高智恒怒声喊道，他快要压制不住自己的情绪了。胡曦都已经过世了，居然还有人如此调侃，如果不是还有理智在，他恨不得将这男人狠狠地揍一顿！

"好！"男人却像得到认可一样，笑得很灿烂，"不过，你要答应我一个条件。"

"你说！"高智恒咬牙切齿地说。

"拿你的身体作为筹码，我复活她，并让她回到之前的状态，而你则会做十年的植物人，当然，这十年里，你的大脑是清醒的，能够感知身边所发生的一切。"

"可以！"

"那么，成交！"

七

胡曦感觉自己像是做了一个很长的梦，梦醒时分，她发现自己躺在医院里。

她明明记得，自己拿着三支录音笔，准备接受自己痛苦的过去，然后以一个完整的灵魂和他度过下半生。可眼前的事实让她既惊讶又痛苦，自己并没有记起什么，而那个深爱着的他却变成了植物人。

是照顾他一辈子，还是选择离开？

如果选择对他不离不弃，那么她的一生将会被彻底毁掉。可她很爱他，所以没有丝毫迟疑，她选择照顾他一辈子。

十年的时间，她从一个四十多岁的优雅女人，变成了一个形容枯槁的老妇人，而躺在床上的那个人，容貌却没有丝毫改变，依旧风神俊朗。单从相貌来看，她和他就像是两代人。

这天早上，她照例给他擦洗身子，对他说着每天都会说的话："阿恒，你快醒来好吗？我想和你说说话。"

他的身体渐渐有了一些感知，他想紧紧地拥抱她，约定的时间终于到了。这十年，她过得太辛苦了。

"我……爱你！"这是他十年来的第一句回应。

"阿恒，你醒了！"她无神的双眼瞬间绽放光华，泪水顺着眼窝流了下来。

"嗯。"

"可是……我变丑了。"

"没关系，我爱你。"

八

"我想拿回我那些记忆。"

"你确定？你可知道，你已经因为这些记忆死过一次了。"

"我知道。"

"你不怕再次死去？"

"怕！"

"那你为什么还要找回这些记忆？"

"但我更害怕生命的不完整。更何况，你已经用十年时间，教会我面对苦难了，不是吗？"

最后的温柔,是放手

那天,看到我爸医药费账单的那一刻,我就决定跟李辰分手了。六十多万啊,他们家跟我们家一样穷,要是他掺和进来,不仅我们两个的未来没有了,我爸也没希望治愈,毕竟差的太多了……豆豆叹了口气。

我无话可说,只是隐约觉得,豆豆的选择是对的,但恍惚间,又有些说不清道不明的滋味,大家不都说爱情是重要的吗?

豆豆的话可能还没说完,只是,说了又有什么意义呢?

一

豆豆是个好姑娘，张智是个渣男。豆豆准备成为张智的女朋友，这让李辰异常崩溃。

"豆豆，你不能跟他在一起。"李辰苦口婆心地说。

豆豆一脸天真地看着他，不解地问："为什么呀？张智对我很好啊，如果不是他，我现在都不知道会变成啥样子了。"

豆豆说的是张智英雄救美的事。

豆豆是贫困生，家里每个月能给的生活费有限，所以豆豆自力更生，做了啤酒妹。

学校周边有很多大排档，每到夏天，很多学生都喜欢吃大排档，喝啤酒、撸串。豆豆的兼职就是在大排档推销啤酒，一瓶提成一毛，看着不多，但因为夏天啤酒消耗量大，如果业绩好的话，一天也能挣一百多。而这一百多，就能抵豆豆两周的生活费。

一般来说，学校周围吃大排档的都是学生，并不会发生什么事情，但那天，几个社会上的混混不知为何跑到豆豆兼职的大排档去了。

刚开始，混子们还是蛮规矩的，看豆豆长得漂亮，就要了两件啤酒。令人没想到的是，其中一个混子喝高了，拉着豆豆的手，非说要认豆豆做妹妹，还说从今往后要罩着豆豆，等等。豆豆是个害羞的女孩，被这混子的动作吓了一大跳，于是就大叫了起来。混子见状，脸色当时就变了，一把拉过豆豆，就要强吻。

这时候，张智恰好路过，立即上去跟混子理论，并煽动周围的同学制造声势。不一会儿，很多吃大排档的男男女女都聚集了过来，混子见状，只好阴着脸跑了。豆豆因此特别感激张智，并对他心生好感。

张智以此为契机，与豆豆频繁往来。两个月后，张智向豆豆表白了，豆豆说要考虑一天后再告诉他答案。

李辰知道，豆豆当时之所以没答应，是因为害羞，事实上，她已经决定答应做张智女朋友了。

再过十几个小时，豆豆就要成为张智的女朋友了，李辰特别焦急，他也喜欢豆豆，但因为家里穷，自己每个月连生活费都不够，也就没什么心思谈女朋友。豆豆单身的时候，他没什么感觉。现在，她马上要成为别人的女朋友了，他慌了。

"可是……张智是全校有名的花花公子啊，大家都说他换女朋友比换衣服还勤快。"李辰着急地说。

豆豆眨了眨眼睛,想了想,说:"可是小智说他已经改了啊,从今往后要一心一意地对我好啊。"

李辰气急了,脱口而出:"那种花花公子的话,怎么能相信啊?"

"人都是会改变的嘛!"豆豆甜甜地笑着。

"万一他要是骗了你,怎么办?"

"不会的。我知道你担心我,放心好啦,我看人可是很准的。"豆豆嬉笑着拍了拍李辰的肩膀。

李辰不甘心地说:"我还是觉得不大对,这些事情发生得太蹊跷了,我一定要弄清楚。"

"你真是个犟脾气,再这样,我不理你了啊。"豆豆嘟着嘴说。

翌日,在学校的花园里,张智穿着合身的运动服,双手捧着一大束红玫瑰,剑眉轻挑,星眸含情,温柔地说:"豆豆,做我女朋友好吗?"

豆豆害羞地低下头,接过玫瑰,正准备点头答应,突然一个声音响起:"等一下!"

"李辰,你来干吗呀?"豆豆没好气地看了李辰一眼。这家伙的心思她是知道的,只是从内心来讲,她更感激张智对她的解救之情。

"豆豆,你不能答应他,他还是个渣男,本质一点儿没变。"李辰拍了拍手,"你们出来吧。"

花丛后面哗啦啦地走出五六个漂亮姑娘,都是杏眼怒瞪的模样。

193

张智急了,看向豆豆:"豆豆你听我解释,她们是我以前的女朋友没错,但我跟她们已经分手了。"

"是啊!分手了,昨天刚分手的。"一个金黄色波浪发的姑娘冷言说。

"昨天?"豆豆愣住了。

"是啊,这家伙给了我一笔分手费,然后就让我滚了。"那姑娘一脸无所谓地说。

"啊!"豆豆彻底傻掉了,只觉得脑袋嗡嗡作响。

"豆豆,我们走吧。"李辰说着,也不管豆豆的意愿,拉着她就走。

后来,豆豆问李辰:"你怎么找到那些姑娘的啊?"

"哦,我站在女生楼前发传单,上面写着:'想报仇吗?让我们一起揭穿渣男的本来面目吧',然后还写了张智如何诱骗你的过程。"

"不能这样说人家,毕竟他救过我。"

"可我后来打听到,那天的混混实际上都是张智安排的。"

"啊!这人好阴险!"

"是啊,确实阴险。那么豆豆,反正你现在也没男朋友了,要不,让我做你男朋友吧。"

"我想想。"

二

学生时代的爱情,说来就来,一条短信、一通电话、一本书、一个共同爱好，都有可能成就一对情侣。

李辰是用一包泡面泡上豆豆的。

秋去冬来，豆豆好久没有合适的兼职了，因此也没了额外的收入。

一个周末，她没钱了，一个人待在宿舍里饿着，并想着要怎么熬过这个月的最后两天。

"喂，你在干吗呢？"是李辰的电话。

"在饿着。"

"我还有五块钱，请你吃泡面吧。"

"好！"

"食堂等你。"

几分钟后，豆豆杀到食堂，果然见李辰手里端着两碗泡面，她激动地深吸一口气，大叫道："好香啊！我要吃。"

"想吃可以，不过，要答应我一个条件。"李辰坏笑着说。

"好！我答应了。"被饥饿冲昏头脑的豆豆，面对美食的诱惑，脱口而出。

"你都不问我的条件是什么吗？"看着狼吞虎咽的豆豆，李辰觉得好笑。

豆豆嘴里塞满泡面，呜呜地叫着："等会儿说，等会儿说。"

"啊！好饱！"将最后一口面汤喝完，豆豆毫无形象地拍了拍肚皮，转头看向李辰，"喂，说说，你想要什么条件。"

"做我女朋友吧，豆豆。"李辰深情地说。

豆豆思考了一下，点了点头，满不在乎地说："好啊。"

李辰愣了一会儿，又说："我说的是，你做我女朋友啊。"

"是啊，我已经答应你了啊，做你女朋友，你这人好烦啊。"豆豆奇怪地看着李辰，不明白他是什么意思。

"喂！这画风不对啊，难道你不应该激动或者惊喜吗？就算没有，至少也应该有些情绪波动啊！"

豆豆抬起头，看着像小学生一样手舞足蹈的李辰，说："问你一个问题哈。"

"好，你问。"李辰正了正身体，更像小学生了。

"做你女朋友后，你会不会管我吃饭？"

"那当然啦，肯定的。"

"嗯，看来做你女朋友是赚的，好啦，男朋友同志，我要回寝室眯着了，大冬天的运动太消耗能量。"豆豆摸了摸还在发蒙的李辰的脑袋，点了点头，表示满意。

直到豆豆走出食堂大门，李辰还是蒙的："这算是答应了？"

……

又一天，李辰和豆豆并排坐在学校的草坪上。

"豆豆，你为什么答应做我女朋友啊？"

"答应就答应了呗，还问什么原因啊。"

"那总得有个原因，才有结果的吧。"

"要说原因嘛，大概有两个。"豆豆略微思考了一下。

李辰好奇地看着她:"哪两个?"

"第一,是你害我没了男朋友,所以呢,只好把你当男朋友啦。第二,你说了你要管我饭的啊,做你女朋友就有饭吃,我一想,觉得这样也挺好的。"豆豆掰着手指,认真地分析着。

"怎么感觉像是一场交易啊?"李辰有些不满这个答案。

豆豆反驳道:"你怎么能这样说呢?你娶媳妇儿不管饭啊!"

"哦,也对……"

三

从豆豆答应做他女朋友起,李辰就开始担负起了赚两个人生活费的重任,尽管豆豆一再跟他说自己是开玩笑,但他还是努力地赚钱。

李辰说,他喜欢为豆豆努力,努力给她好的生活,哪怕跟很多人比起来依然没那么好,但绝对是尽了他全部努力的。

为了赚钱,李辰干过很多兼职,发传单、服务员、网管、摆地摊……每次赚到钱后,他必定会第一时间交给豆豆,并告诉她:"以后,我赚的钱,都给你保管。"

豆豆心疼他:"学校生活费没那么高,小辰,你不用那么辛苦。"

他说:"我想多赚点儿钱,这样毕业后,我们就有资本去大城市发展了。到时候,我们赚很多很多钱,在大城市买房子、买车子,并最终成为真正的城里人。"

"好啊!那我们一起努力。"

经过一番合计,两个人进了一些小百货,在学校东门摆起了地摊。他们卖的有梳子、毛巾、袜子、拖鞋、牙膏、牙刷……进价便宜,卖得也不贵,所以很多同学会来光顾他们的摊位。

渐渐地,小金库充裕起来,豆豆笑得越来越开心,就好像已经看到大城市在向他们招手一样。

如果日子就这么过下去,也挺好的。但那一天,他们一下子损失了大半收入。城管来了,两个人心疼摊位上的东西,没直接跑,被逮住了,不仅现场的东西全部被没收,还被罚了一千块。

回来的路上,两个人都软绵绵的,很沮丧。说不心疼是假的,那些货物和钱,都是这些日子一块钱、两块钱这样攒起来的。

走到女生宿舍前的时候,李辰突然一把抱住豆豆,说:"豆豆,我们继续努力。"

豆豆点了点头,声音有些哽咽:"嗯,继续努力。"

第二天,他们又充满斗志地去赚钱了。只是这次没再摆摊,因为没多少本钱了,也害怕再次被罚,他们选择去发传单,传单没了,就去做服务员,服务员不挣钱,就倒腾考研资料……总之,在学校里能赚钱的方法,他们都尝试过。

"豆豆,我不会再让你挨饿,不会再让你过苦日子。"每当沮丧的时候,李辰都会在豆豆面前信誓旦旦。

豆豆也总会抱住李辰的脑袋,轻轻地拍着他的后背,说:"傻瓜,我们一起努力，去过更好的生活。"

四

毕业前夕，他们终于攒了一些钱，要去的大城市也已确定——首都北京。去北京的原因很简单，那是一个有梦想的城市。

没来北京之前，会对北京有很多美丽的幻想，长城、天安门、日坛、香山，等等，总之，无一处不是美的，无一处不是充满文化气息的。

来到北京之后才发现，北京真的什么都有，所以大家都来了。房租贵？你不租有的是人租。工资低？你不干有的是人干。

李辰和豆豆彻底傻掉了，他们无论如何也无法理解，一个四五平米、只能放下一张床的小隔断，为什么就要将近一千的月租，而且还不算水电费、卫生费等乱七八糟的费用。

这时候，他们才知道，想要在北京这样的大城市有一套属于自己的房子，是一件多么奢侈的事情。但很快，两个人就又充满斗志了。北京有太多的传奇故事，可能昨天还住在阴暗的地下室，明天就成为估值过亿的大公司老总了。

他们不妄想，但也不悲观，第一步，就是开始努力地找工作。两个人同一天找到了工作，那天他们奢侈了一把，去吃了日本料理。晚上睡觉前，他们还兴奋地聊着关于未来的畅想。

"豆豆，我一定会让你过上好日子的。"李辰一如既往地坚定。

豆豆也一如既往郑重地点了点头："我相信你，小辰，我们一起努力。"

很快，他们像在学校时一样，下班后，开始做兼职，摆起了小摊，在天桥上、在过街地下通道……

他们经常会看到很多艺人在街头唱着关于爱情、关于理想的歌谣。

"小辰，你看他们和我们一样，在这个城市里拼搏、奋斗，希望能在这里生根发芽。你说，真像歌里面唱的那样，所有的梦想都会开花吗？"豆豆依偎着李辰，轻声问道。

"会的，生活不会辜负每个努力的人。"李辰轻轻地抱着豆豆，看着不远处那个流浪歌手声嘶力竭地吼着："我们在这里欢笑，我们在这里哭泣，北京、北京……"

五

如果说，生活是一个混不吝，那么它打你左脸一个耳光，就必定想再打一下你的右脸，尤其是对于卑微的人来说。

一天，李辰和豆豆用行李箱拉着他们的货物，疲倦地往出租屋赶的时候，豆豆的电话响了。

"喂，妈，有事儿吗？怎么还没睡啊？"

"豆儿啊，你爸爸快不行了，你赶紧回来吧。"

没有丝毫迟疑,豆豆立马打电话跟领导辞掉了工作,并订了最近的一班火车连夜赶回老家。

在火车站,豆豆狠狠地抱住李辰,哭着说:"小辰,我爱你。"

"我也爱你,放心,没事儿的。钱不够就打电话给我。"李辰拍了拍豆豆的后背,说得很温柔。

第二天,当豆豆站在父亲的病床前,看着长长的医药单末尾好多个零的费用时,突然觉得心里好难受,说不上来是痛苦,还是绝望。

她强忍着眼泪,跑到医院一个无人的角落里,一只手狠狠地揪着心脏的位置,轻轻地抽噎着。她哭得很压抑,连大点儿声都不敢。恍惚之间,她想到了那年被城管没收货物罚款的事情。她觉得这些年的努力又一次被没收了,比上次更狠,比一无所有还要悲凉。心,好累……

电话响了,是李辰的。豆豆抹了抹眼泪,怔怔地看着手机屏幕上熟悉的名字和熟悉的号码,最终将手指摁在了拒绝键上。

随后,李辰又打过来,再拒!再打,再拒!

"豆豆,到底发生了什么,你怎么不接我电话啊?"

"豆豆,不管发生了什么事情,我们可以共同承担啊。"

"豆豆,你别不理我啊,你知道吗?我好害怕啊。"

"豆豆,你接我电话好吗?有什么事情,我都会陪你一起度过的。"

"豆豆……"

一连十几天,豆豆一直没接李辰的电话,也不回他的信息。直到那一天，一个年轻人突然出现在她的面前。

他阳光帅气，温文尔雅，妈妈很兴奋地给她介绍说，这是某某的儿子，而某某是一个富豪。富豪的儿子并不像新闻或小说里写的那般飞扬跋扈，反而知书达理，还是个海归，接人待物都让人感觉很舒服。

当天晚上，豆豆给李辰打了个电话。

"小辰，我们分手吧。"

"豆豆，到底发生了什么事情，你告诉我好吗？我们一起去面对，好吗？"

"没什么，我找了个男朋友，他很有钱。"

"哦……我……知道了。"李辰的语气突然变得很平淡。

"你不恨我吗？"豆豆抽泣着说。

"不恨。"

"你好傻。"

"我不傻……"

六

"对你那么好的男朋友，你都舍得分手啊！"听豆豆给我讲完她的爱情故事后，我不禁唏嘘。

豆豆没有回答我的话，反而笑着问我："你觉得我现在过得怎么样？"

我看了看两百多平的大房子和她一身的名牌，不太确定地说："应该很幸福吧？"

"这就是我跟李辰分手的原因。"

"因为钱？"我心里莫名地有些鄙视豆豆。

"因为穷怕了。那天，看到我爸医药费账单的那一刻，我就决定跟李辰分手了。六十多万啊，他们家跟我们家一样穷，要是他掺和进来，不仅我们两个人的未来没有了，我爸也没希望治愈，毕竟差的太多了……"豆豆叹了口气。

我没有接话茬，豆豆的话让我无话可说。虽然我们家也不富裕，但毕竟没有因为钱而被逼到绝路上，所以，我无法理解她带着决绝意味的选择。只是隐约觉得，豆豆的选择是对的，但恍惚间，又有些说不清道不明的滋味，大家不都说爱情很重要吗？

我问豆豆："你还爱李辰吗？"

豆豆打了个哈哈："决定不爱的时候，便不爱了。"

从豆豆家离开后，我一路上都在揣摩豆豆最后一句话的意思，透过车窗，看着城市里为了生活奔波的人们，我意识到，豆豆的话可能还没说完。

大概，她还有很多话要说吧，只是，说了又有什么意义呢？

独角戏

她是一个从小城镇走出来的女人,没有完美的家世,没有漂亮的学历,除了容貌,她一无所有。遇到那个给她花店的男人时,她正对城市里的一切繁华眼热。可惜的是,她的这种迫切,让她失去了自己最想要的,于是她明白了一个道理:漂亮的女人,要有耐心。

生活就像小说,一个故事便能教会你一个道理。

所以,她变成了一个恬淡的女子,不再轻易将内心的涟漪显现在脸上。

一

　　美貌，无疑是一个女人最昂贵、最华丽的外衣，很多人一生中多半时光都会为之裁剪。

　　叶筱，就是一个拥有华美外衣的女人。柳裁身段，花饰容颜，盈盈莲步，自有风情绕体柔，连说话都是轻声细语的，柔软得就像她的身体一样，落入耳中好似春风呢喃。除却天赐的优势，叶筱更是一个裁剪美貌的高手，一切庸俗的颜色根本近不了她的身，她偏爱素色衣服，淡白、浅灰、靛蓝……那些一般人穿在身上不伦不类的色彩，在她的身上反而成了恰到好处的装饰品，将她犹如凝脂般的肌肤衬托得分外光华。

　　第一眼看见叶筱，你便会发现，她是一个有情调的女人。在生活上，她注重一切细节，光是喝水的杯子就有二十多个，按时间分早、中、晚，按饮品分咖啡、茶叶、牛奶、白水，甚至不同产地的饮品也要搭配不同的杯子。

叶筱在杭州开了一家花店，离西湖不远。天气晴好时，她喜欢站在花店门前，闭上眼睛深呼吸，感受微风中细润的水分子。

她说，西湖的水，天生就带着爱情的因子。

叶筱喜欢杭州，是因为那个关于许仙与白娘子流传千年的爱情故事，这段人与妖的痴恋缠绵，令她深深着迷。

第一眼，叶筱就对他有些喜欢。

那天，他开着一辆黑色奥迪 A8 停在花店门口，打开车门的瞬间，他冲她露出一个温文尔雅的笑容。

"你好，我想买花送给一位女士，您有什么好的建议吗？"他的声音很有磁性，还带着低音共鸣，特别有味道。

叶筱莞尔："请问这位女士是您的什么人呢？每种花都有不同的花语，适用的身份也各有不同。"

"嗯……"他沉吟了一下，"朋友以上，恋人以下。"

"那我推荐白色郁金香、粉色风信子，再加上金栗兰。"叶筱想了想，说，"这三种花的花语分别是纯洁、倾慕、隐约之美，您觉得呢？"

"那好吧，麻烦您了，我不太懂这些。"他笑了笑，温和地说。

一直到他离开，叶筱都表现得淡淡的，一副与世无争的样子，只在他即将上车离开时，她才施施然拿出一张精致的名片，轻启红唇：

"欢迎下次光临！"

日子一天天地过去，好像那一眼的喜欢并不存在似的，叶筱一如往常，娴静地坐在花店里。她不是不希望和有眼缘的男人发生些什么，只是相对而言，她更喜欢守株待兔，她认为，这是漂亮女人特有的权力。

在她的世界里，从来不曾存在过所谓的最难忘的初次见面，她想要的，是一份完美的爱情。在这份爱情里，面包、宠爱、容貌都是必不可少的。她还年轻，她很漂亮，所以她等得起。

他第二次来的时候，还是买花。只是这次，他没再询问，直接买了一大束红玫瑰。临走时，他递给她一张名片，同样是淡淡的语调："有机会一起喝茶。"

她浅浅一笑，收起了名片。某互联网公司董事长，似乎是个不错的人选。

直到第三次见面时，他们才算有了真正意义上的交流。

他是来谈业务的，说公司里需要一些绿植和花卉，希望能在她这里采购。这是一笔不小的生意，她自然不会错过，于是，她终于像一个老板一样，为他精心服务。

事后，她和他坐在一个高档茶馆里。

"像叶小姐这么年轻漂亮的女子，竟然选择创业，真是令人佩服啊！"他的语气略带赞赏。

"小本经营而已。"她浅淡地回答。他选择用"女子"而非"女

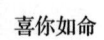

人",让她的心里泛起了一丝涟漪,她喜欢这样的称谓。在她看来,只有真正美好的女性,才能称之为"女子"。

他微微一笑,而后便老僧入定般地坐在那里,不再言语,似乎并不擅长谈话。

半晌,她微启红唇:"王总,以你的经验,我这花店还有没有别的经营方法?现在的生意不太好呢!"

这是叶筱的经验,越是段位高的男人,越是不动声色,他们喜欢掌控局面,更喜欢无意间将自己的才华、能力展现出来。所以,她以退为进,将话题引向他所擅长的领域。

他叫王华,从事互联网行业。这个行业的男人,对所有传统行业都有着近乎疯狂的蔑视。叶筱曾遇到过一些从事互联网行业的男人,在他们眼里,互联网终将成为未来人类生活的平台,而所有实体店都会成为互联网的附庸。

王华微微坐正了身体:"实体店的经营,我不太懂。只能从互联网的角度来说上一二。叶小姐姑且一听,当不得真。"

叶筱莞尔,心道:果然!但表面上,她还是流露出认真学习的表情,微笑着说:"那就烦劳王总开启金口了。"

"现在是互联网时代,首先要注重产品质量,这一点,叶小姐做得很好,我就不多说了;第二点就是服务质量,不过像叶小姐这样散淡的人,恐怕是不会像我们这样卑躬屈膝地为客户服务的。所以,在我看来,叶小姐,你只需要准确地定位客户群并做好产品的营销就可以了。"说到擅长的地方,王华口若悬河,"我在叶小姐的店里买过三次花,感受最深的有两点,一是叶小姐的花很贵,二是叶小姐对花的研究很深刻。所以,我建议叶小姐可以将客户群定位在高端人群。"说完,王华看了叶筱一眼。

叶筱没答话,反而像个学生一样,认真地听着。

"至于营销方面嘛,我建议叶小姐用你所了解的花卉知识,做一个新媒体宣传平台,这样,既可以传播鲜花文化,提高花店的品质,也可以为叶小姐笼络一批忠实的客户。"

叶筱笑了,这个男人显然是在信口开河,并没有将经营的精髓讲出来。不过这也无所谓,她要的并不是这些,但她还是很认真地问了一个问题:"那我要如何接触高端人群呢?王总你也知道,我不是一个擅长交际的人。"

"我可以帮你啊!"王华脱口而出。

"那就先谢谢王总了。"叶筱笑着回应,语气依旧淡淡的。

两个人有一搭没一搭地聊着,时间差不多时,叶筱起身说:"王总,店里还有事,下回再聊。"

再坐下去也没什么可聊的,毕竟于他而言,她是个清淡的女子。

叶筱踏着碎步缓缓离开,王华的目光却一直停在她的身上。这是他遇到的最有味道的女人。自从发迹以来,他见过很多漂亮女人,当她们知道他的身份后,无一例外都表现出了别样的兴趣,像她这样矜持,甚至有些无欲无求的女人,对他来说,感觉真是太奇妙了。

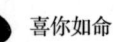

其实，这次原本没必要购买这一批绿植，但当他开车经过她的花店时，他就改变了主意。

二

叶筱依旧每天守在花店里，并没有在等待着谁。

这期间，王华给她打过几个电话，聊过几次微信，不过是随意聊几句，温吞得比温水还温。她并不着急，他似乎也不急，他们像两个老猎人一样，对猎物都有着足够的耐心。

叶筱认为，在爱情里，漂亮的女人就应该被动，这样才能获得主动权，所有表现出哪怕一丝急切的女人，都会很快失去她们的爱情。就像曾经的她，除了这个花店，什么也没有得到。不过这样也好，她想，至少有了这个花店，她就有了向前一步的资本。

她是一个从小城镇走出来的女人，没有完美的家世，没有漂亮的学历，除了容貌，她一无所有。遇到那个给她花店的男人时，她正对城市里的一切繁华眼热。可惜的是，她的这种迫切，让她失去了自己最想要的，于是她明白了一个道理：漂亮的女人，要有耐心。生活就像小说，一个故事便能教会你一个道理。所以，她变成了一个恬淡的女子，不再轻易将内心的涟漪显现在脸上。

"我这里有个慈善拍卖酒会，需要带女伴，不知可否邀请叶小姐做我的女伴？"他向她发出了邀请。

"好！"她浅浅点头，像真的就是给人一个小小帮助一般。

这是一个异常豪华的酒会。走进金碧辉煌的会场中间时，叶筱忽然有种眩晕感，像是空气中有种强人的气势，要将她压倒。

她的嘴角微微勾起，目光澄清如水，泛着点点微光，静静地看着眼前西装革履的男人和穿着各式精致礼服的女人，看他们被华丽的衣裳修饰出的那一份绅士和矜持。

越是这种时候，越是要淡定，首先不能被这种金钱堆积起来的阵势吓到。叶筱心里闪过一个念头，然后轻轻地挽上了王华的手臂。像一对情侣一般，叶筱将身体微微向他倾斜，她相信，今晚，他会被很多人羡慕与恭维，因为她。

和大多数衣着华丽的女士不同，叶筱穿着一身浅白色的长裙，裙角绣着几朵淡蓝色的花朵，素净淡雅。当然，仅仅这样，是不足以让她在这场酒会中争奇斗艳的，她那宛如天鹅颈的脖子上挂着一颗淡蓝色的宝石，在灯光交错之中，将她原本雪白如玉的肌肤映衬得更加晶莹剔透。这才是重点。

"还习惯吗？"王华在她耳边柔声地说着，看似关切，声音里却带着一丝骄傲。

这种骄傲叶筱读得懂，因为曾经也有人这样对她说过，只不过那时的自己没有今天这般淡定，将一切视为浮云。

"还好！"叶筱点了点头。

"看来叶小姐是个有故事的女同学啊！"王华眉目含笑地看着她。

叶筱嫣然:"我有什么故事啊,只不过是多看了一些书而已。"

"哦?叶小姐都喜欢看什么书?"王华兴趣十足地问道。

"胡乱地看一些,没有系统的。"

两人正说着,王华的手机突然响了,叶筱眼角随意地一瞥,看到"老婆"两个字。王华看一眼手机,略带歉意地笑了笑:"抱歉,接个电话。"

叶筱端着盛了红酒的高脚杯,水样的眸子闪烁着微微的光芒,脸上挂着浅浅的笑意,看着王华的背影。

"小姐,你好,可以和你喝一杯吗?"一个声音突然打断了叶筱的注视。

回过头,见一个四十多岁、西装革履的中年人,正一脸暧昧地看着她。这种男人叶筱见得多了,依仗着自己的财富,对漂亮的女性采取物质化衡量,在他们眼里,所有的漂亮女人都是明码标价的。

"不好意思,我有同伴。"叶筱直接拒绝。

那人却不介意,反而笑得意味深沉:"喝杯酒而已,何必介怀呢?我相信王华也不会介意的。"

"你认识他?"叶筱露出半分兴趣。

那人笑了,直接坐到叶筱对面,身子微微往后仰着:"他以前在我公司干过,现在自己创业,还不错,身价有几千万了吧。"男人说得风轻云淡,好似几千万在他眼里也不过是毛毛雨而已。

"哦,这我还不知道呢?"叶筱笑笑。

"你不是?"男人眼神更具侵略性。

"不是什么?"叶筱微微嗔怒地看着男人,"情妇吗?王总是我的金主,于我而言,他不过是我的顾客。"

"筱筱!"王华打完电话走了过来,看了一眼坐在叶筱对面的男人,便亲密地冲着叶筱招呼着,并顺势坐在她的身边。

"张总,没想到你也来参加这个酒会啊。"坐定后,王华语气清淡地说。

男人放下酒杯,张开手臂,靠着沙发说:"慈善嘛,人人有责。"

"不知道张总看中了哪件拍品?"

男人没有直接回答王华的话,而是将目光移到叶筱身上,颇有意味地说:"本来没什么主意,做慈善嘛,拿钱就好,不过,现在我有了目标,那件据说是阮玲玉曾经佩戴过的翡翠,我觉得很适合这位小姐。"

王华同样回头看了看叶筱,俊眉微蹙:"筱筱喜欢的,我自然会给她买下来。"

叶筱在心里狠狠地骂出了声,明明是这两个男人有私人恩怨,却将矛头引到她这里,好在她也不是十七八岁的小姑娘了,待两人都落下话音,她知道自己的表演时间到了,于是落落大方地戏谑说:"两位土豪,我们做朋友好不好?"

被她这么一说,本来剑拔弩张的气氛瞬间消融大半,但两个男人之间,还是隐隐有一种气势在缠斗。

"大家好，我是这次慈善拍卖酒会的主持人兼拍卖师朱晓婷，首先感谢各位参加此次拍卖会，我在这里代替那些需要捐助的人们，对各位的慈善之心表示感谢。好了，下面直接进入拍卖环节。"主持人朱晓婷是个漂亮的女人，站在聚光灯下，自是一番风流妩媚。

叶筱静静地看着舞台上的女人，眉黛轻蹙，似在思考些什么。

"筱筱，在想什么呢？"王华注意到女伴的神情，轻声问道。

"没什么。"叶筱轻声说，"就是觉得这个主持人好像不太专业。"

"哼！能专业得了吗？"张姓男人冷哼一声，语气里颇为不屑，"她要不是谢老三的小情人儿，能在这里当主持人？哦，对了，谢老三就是这次慈善拍卖酒会的组织者。"

王华略微不爽地看了张姓男人一眼。这些暗地里的较量落入叶筱眼中，她微微勾起嘴角，将目光投向主持人朱晓婷，意味深长。

拍品一件一件被拍出，在场的金主们一个比一个叫价高，有些甚至是市场价值的几十倍，不过看看他们身边女伴满足的笑容，就知道他们为什么愿意花这么多钱了。毕竟，精明人没有多少愿意当冤大头的，想想王华这次请她做女伴，而非别人，很多事情就可想而知了。

"下面是本次拍卖会的压轴拍品，民国天后阮玲玉最喜欢的一个翡翠物件，起拍价格60万。"

主持人话音刚落，王华就举牌了："100万！"

张姓男人看了王华一眼，笑道："王老弟，不够大方啊！"说完，他举牌叫价，"300万！"

王华脸上变得有些难看，300万对他来说，还是有些压力的，不过，看着叶筱盯着翡翠的眸子里泛出的流光，他咬了咬牙："400万！"

"888万！"张姓男人根本不给王华任何加价的机会。

果然，张姓男人叫完价后，王华脸色阴沉，双目闪过阵阵阴冷，不过最终还是放弃了报价，虽然他的身价有几千万，但现金流并不多，一下子拿出八百多万，意味着他要承担某些无法承受的风险。

"888万，三次！"主持人朱晓婷落槌，"感谢张光明、张总！"

张光明接过翡翠，径直走到叶筱面前："漂亮的小姐，我可以用这个翡翠月牙儿，换你的名字吗？"

叶筱呆住了，她再风轻云淡，突然有人拱手相送八百多万，内心还是会涌起波澜的。不过，她面上却依然平静，目光宛如流苏，静静地看着张光明，轻声说："张总，谢谢你的好意，我叫叶筱，但你这礼物我不能收。"

"我这个人很有原则，向来是说出去的话、泼出去的水，既然我得到了叶筱小姐的名字，那这翡翠月牙儿就不再属于我，而是属于叶小姐了。更何况，我觉得，也只有叶小姐这样的美人，才配得上阮玲玉的物件。"张光明话说得很霸道、很强势，却拿捏得很到位。显然，他是一个很懂女人心思的男人。

"抱歉！"叶筱欠了欠身，略带歉意地说，"我今天只是来给王总做女伴的，所以，今天，在这个酒会上，我只属于王总一人。"

叶筱说这番话是有自己的考虑的，这也是她的原则，对强势的男

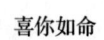

人欲擒故纵，对不如意的男人要给足面子。更何况，一句话中她连续强调了两次"今天"，只要是聪明人，都能听懂她的意思。

果然，张光明大方地笑了笑："既然如此，那再会了，叶小姐。"

三

花店的生意，最近变好了，特别好。叶筱不得不雇了几个员工。

自从那次酒会后，两个月以来，她接了不少大单，都是公司订购。这里面多半是王华介绍的客户，一小部分是张光明介绍来的。

于王华而言，他的内心是得意的，尤其是那天张光明故作大方地离开后，他独自一人都快笑岔了气。他更加确信，叶筱是个难得的奇妙的女人，她的风轻云淡是真的风轻云淡。所以，之后再跟她接触时，他希望能将这个仙气萦绕的女神，拉到他的凡尘俗世中来。

事实上，王华也有些束手无策，对待叶筱不能像对别的女人那样，用钱砸就可以了。每次想用钱砸的时候，连他自己都觉得特别庸俗，更何况叶筱是能够随意拒绝八百多万的女人。不能用钱砸，王华只得改变策略，不断制造与叶筱见面的机会，而这种机会，就是给她的花店介绍客户，而且是大客户，这样，他才好找理由跟她亲近。

看到王华像自己花店的业务员一样忙碌，叶筱有种想笑的冲动，男人这种生物实在是太过好玩儿，越是得不到的，就越觉得美好。他们所能用的方法也有限得可怜，无非是权和钱，抛却这两者，他们在女人面前就变成了弱者,虽然有一些男人很擅长撩妹,但那些男人多半是拿不出权和钱的,这是这个世界的矛盾。

爱情和面包,多数时候是站在对立面的。张光明的段位显然比王华要高,他对事情看得更透彻,所以,他对待叶筱的方式,依旧是用钱砸。他不断地向叶筱彰显着自己的财力,做的第一件事就是让所有分公司都来叶筱的花店里购买绿植。长长的二十几家市值过亿的分公司名单摆在叶筱面前,他就不信她不心动。当张光明提出以两千万入股叶筱的花店,且只占百分之一的股份时,叶筱就躺在了他的床上。

"原来你也是个庸俗的女人。"张光明在叶筱如玉似绸的身体上发泄过后,点上一支雪茄,毫无怜爱地说了这样一句话。

叶筱心下冷笑,张光明这种男人喜欢征服,一旦征服成功,就自然而然地把女人当成自己的物品,不过她并不希望自己成为任何一个男人的物品,尽管她允许他在自己的身体上驰骋。

"张总入股我的花店,求的不就是这些吗?更何况,张总一再向我展示武力,若我不从,后果,恐怕不堪设想吧!"

"你明白就好!"张光明冷哼一声。

四

王华确信,自己爱上了那个叫叶筱的清幽女子。他觉得,她就是遗落凡间的兰花仙子,每当内心蠢蠢欲动、有些肮脏想法的时候,他都会特别鄙视自己,但却总忍不住去想这些,他太想独享这个女子的美好了。终于,他决定做一个恶魔,向她裸露内心的狂热。

"我爱你,筱筱。"在一家米其林餐厅,王华从兜里拿出镶着大大钻石的戒指,深情地看着一脸恬淡的叶筱。

"你这是干什么,王总?"叶筱秀眉浅笑。

"筱筱,我知道,我这样说很突然,但我真的很喜欢你,希望能和你在一起。"王华有些紧张地说。

叶筱依旧浅浅地笑着,心里对王华充满了鄙夷,他明明有老婆,却还像一个纯情的男人一样,对她说着不高明的表白。

人生就是一个猎场,现在王华成了她的猎物,而她早已被张光明狩猎。这一切无关是非,更无关爱情。一个人活在世界上,总有一些是自己想要的,去做、去得到就好,至于怎么做、怎么得到,都不重要。

从某种角度来讲,叶筱更佩服张光明这种男人,霸道强势、不容拒绝,但同时又非常讲道理,拿出足够的筹码,得到自己想要的东西,仅此而已。至于王华,此时此刻,他流露出的纯情模样,叶筱并不觉得感动,反而有些恶心。用所谓的爱情的华丽外衣,去包裹一颗背叛的心,真不知道每天久久地等他归家的妻子知道后,该作何想。

"王总,您已婚吧。"叶筱轻描淡写地说。

"筱筱,如果你愿意,我可以离婚。"王华迫不及待地解释。

叶筱饶有兴趣地盯着王华,缓缓开口:"王总,好的爱情不是建立在另一个人的痛苦之上的，我想要的爱情，是甜蜜的、受人祝福的，而不是被人诅咒的。"

"我知道了！"王华颓废地说。

五

叶筱很清楚自己的状况，张光明对她不过是一时兴起，等他失了兴趣，自然会拿走他曾给予的一切，包括她现在住的大房子。做小三的，甚至连小三都不算，只是情人而已，有哪个会落得爱情婚姻完美呢？

正如那句老话所说：女人二十如绸，而叶筱正值这如绸似丝般的好光景。她身穿一件堇色的丝绸睡衣，手里端着盛着高档红酒的高脚杯，优雅地靠在窗前，俯看城市灯火辉煌、车水马龙。这是一个浮华的世界，没有什么比钱更重要，但钱，真的那么重要吗？

叶筱的脑海里，不由地浮现出了一个笑脸——阳光的、灿烂的、总是喜欢穿着白衬衣的他。

那年，叶筱十八岁，刚从卫校毕业，在一家小医院当护士，他的出现，让她以为遇到了真爱。他对她柔情似水，许的是天长地久、白头偕老。她将身心付与，却换来他的一句"我要结婚了，对不起"。

结婚？呵呵！想起往事，叶筱轻蔑地笑了笑。

人总是矛盾的，有些时候，叶筱觉得自己应该感谢那个他，毕竟是他带自己见识了人世间的繁华，不然，她恐怕还在那家小医院里，当着一个月拿着两三千薪水的小护士。但如果不是他，自己或许早已结婚、生子，生活得幸福美满。那三年金丝雀一般的生活，让她再也找不回曾经的纯真，所以，她选择以现在这种方式活着。

人生没有回头路，叶筱也不是一个喜欢后悔的人。只是，在现在这条路上渐行渐远，她所能依仗的，仅仅只有容貌和身体。不得不说，这是一个短暂的生意，而她的价值一直在下降，不管她多么擅长保值，但岁月终究不饶人。

对王华，叶筱是有些矛盾的，她恶心他作为一个已婚者向她表白，还一副纯情少年模样，但她又需要男人。或者说，在内心深处，她仍旧是渴望爱情的，但她厌恶把这一切建立在背叛的基础之上，相对而言，张光明赤裸的需求更适合她。

有时候，叶筱也会想，如果王华没有结婚，她会怎样选择？果然，臭鸡蛋只会招苍蝇，叶筱自嘲地笑了起来。说来说去，这不过是一场男人和女人的故事，尽管这故事，比一般的情节要复杂一些。

六

当张光明一次又一次地提出更加变态的需求后，叶筱开始想要逃离。她从不觉得自己擅长演戏，但她确实演得很好。如今的她，像是换了一个人，失去了所有的风情，如同一只瘫痪的五彩蝴蝶，看似华贵，却已如死物。看着张光明一次比一次烦躁，一次比一次更不把她当人，她知道，自己将要像一个被用废的工具一般被抛弃，而在这之前，她需要多捞一些资本。

终于，一段时间后，张光明提出结束这段露水情缘。叶筱拿出了很多证据，双方理智交易，公平合理。

王华似乎并没有发现张光明和叶筱的事情，事实上，他也发现不了，两个男人都是大忙人，更何况，他因为求婚的事，一直被叶筱无声地排斥着。

他约了，她就去，去了也只是有一搭没一搭地闲聊。既然做了人家的女神，叶筱就把自己摆在更高的位置，像悬崖上的雪莲，又像晴空中的云朵。她从来不主动找王华，就像宗教里的圣女一般，等待着王华这个虔诚的信徒来朝拜。

在叶筱跟张光明合理清算后的第二天，王华又约了她。

"筱筱，我真的快疯了，只要你愿意和我在一起，让我做什么，我都愿意！"王华急促地说着承诺，目光落在叶筱脸上，有着些许癫狂。像他这样的成功人士，花这么多心思来追求一个女人，却不见丝毫进展，着实有些难以令人置信。

"说什么疯话呢？王总，地球离了谁不照样转啊？"叶筱眉眼温顺，轻描淡写地说。

"真的，筱筱，我非常清楚我在说什么，你也应该明白我的心意。"王华向前挪动了下身体，眼睛直勾勾地看着叶筱。

叶筱没有回避他的眼睛，反而眉目柔和地看着他："明白又如何，不明白又如何呢？还君明珠双泪垂，恨不相逢未嫁时吗？有爱情是一生，没有爱情也是一生。谁能说得出，哪一种生活更悲情一些呢？"

王华的双眼渐渐黯然："我也知道，你这样的女人，不是我能够轻易得到的，可是……我真的很爱你。"

"王总，'爱'这个字，以后还是不要说了。你所谓的'爱'，不过是忍受不了庸俗生活的爆发。"叶筱微微一笑，"我们这样，不是挺好的吗？"

又是一场无疾而终的谈话。大家都是体面人，话到此处，已经非常露骨了，再往下，就只剩下难堪了。

这个道理，叶筱明白，王华更明白。

七

告别王华后，叶筱一直筹划着离开杭州，离开这个空气中氤氲着爱情的城市。再住下去，她将会纷扰不堪，不仅仅是因为王华，还有张光明。

此前，张光明在她这里，严格算来是吃了亏的，毕竟当时她拿出那一个又一个所谓的"证据"时，他的脸色极其难看。后来，他们看似相安无事，可不管怎么说都是一个隐患。

只是后来，她还是没能走掉……

王华将一纸离婚书放到叶筱面前。他容颜憔悴,声称不管她曾经发生过什么,发誓要给她最好的爱。

叶筱有些迟疑,也有些感动。迟疑的是,自己经历过那么多,早已不是那个相信爱情的单纯女孩儿了,如今,她变成了一个灵魂污浊的人,说得难听点儿,是个为了钱可以不择手段的女人。感动的是,没想到王华竟然真的会选择离婚,以这种决绝的方式向她告白,这在她近三十年的生命里,是不曾遇到的。

"筱筱,我已经离婚了,你所有的担忧都不存在了。嫁给我好吗,筱筱?"王华一手拿着离婚书,一手拿着戒指。

叶筱还是摇了摇头。王华把她当作女神,但她很清楚自己是个什么样的人,更何况,绝情地抛弃一个女人,去爱另外一个女人,这本身就不是能够给人安全感的事情。

"为什么?"看到叶筱拒绝,王华有些歇斯底里,"难道我做的还不够吗?"

"不是……只是,我们不太合适。"叶筱有些为难地说。本来,以她的段位,说些难听的或者冠冕堂皇的话很容易,但看到王华通红的双眼、悲怆的神色,她的心有一点点的痛。

"筱筱,我知道,我算不上什么好男人。年轻的时候,家里穷,为了上位和前妻结婚,图的就是靠着她们家成就自己。这些年,我一直过得很苦,在家里就像一条狗,被她使唤来使唤去!"王华说着,脸上的表情有些癫狂,"我忍了十几年,终于有了自己的事业,却已经没有任何的心力了，想着这一辈子就这么过算了。直到遇见了你，我心里的野草又开始肆无忌惮地疯长起来，如果不勇敢地去追求，我害怕自己会疯掉！"

叶筱看着渐渐疯狂的王华，听着他的故事，表情一直是平静的。这是一个穷苦男人傍上富家女而发家的故事，但她仍旧没有理由去同情他，同样也没有理由去嘲讽他，从某种角度来讲，他们是同一类人，靠出卖青春、身体，换得了体面。或许，我和他才是真正合适的。有那么一瞬间，叶筱脑子里闪过这个念头，然后又是一顿自嘲，这或许就是大家说的"好一对狗男女"吧。

"王总，你了解我吗？你知道我是什么样的人吗？"叶筱的声音变得冷淡，内心里的自我嘲讽让她清醒了些。

"你……"王华愕然。

"婊子，我是一个婊子！不要露出那种诧异的表情，正如你所想的那样。"说完这句话，叶筱的眼神变得异常阴冷，眼角尽是嘲讽。

"不可能……你，怎么可能？"王华低着头，五官扭曲，喃喃自语。

"好了，王总，你我相逢本是缘分，你非要这样搞得大家撕破脸，露出恶魔本质吗？这很残忍。"叶筱毫无情绪地说完，转身离开。

站在大街上，叶筱突然有些手足无措，特别想哭，就像当年那个身着白衬衣的男人绝情地离她而去，她一个人站在大街前，不知道哪里才是方向。

这些年，她变成了一个庸俗的女人，直白点儿说，就是恬不知耻，是的，这些她都承认，那又如何？一直保持着纯情，就能换回一段美好的爱情吗？就能得到幸福的生活吗？

"都不能！"叶筱恶狠狠地对自己喊了一句，突然不想离开杭州了，她想看看，到底会有多糟糕的结果，等着她去应对。

就这样吧，在这个城市，纸醉金迷！

就这样吧，在这个世界，等你们来疯狂地咒骂！

来吧，反正我们早已污浊，反正谁也不会给我真正的爱情！

祝枝小姐

第一次见到她,我就喜欢上她了,真的很喜欢很喜欢。她就像是一朵隐匿在山谷里无人知晓的蓓蕾,我小心翼翼地将她迎入我的生活。可很快,她就盛开了,还那么娇媚。那时候我就想,她不会再属于我了,她已经变成了那种风尘之花,而我想要的,只是山谷里最清幽的那一朵。可是……

他就像我偶尔看向天空时,从视线里飘过的一簇好看的云朵,只是一眨眼的工夫,风就将它改变了,再也不是我喜欢的样子了。

一

聚会那天,小斌从身后拉出来一个长得很秀气的女孩,怯生生的,她就是祝枝。

第一次见面,对她真没什么印象,我们都是一群爱玩爱混的人,虽然不是什么达官显贵、富家子弟,却也有着自己的花样儿。小斌是玩儿民谣的,凭着一把破吉他,不知道虏获了多少单纯少女的芳心。此前,他一直保持单身,这回居然带了一个姑娘,让我不由地多看了几眼。

那天,我们一群人在山上找了一块空地自助烧烤,烧烤架放在中间的篝火上,所有人在四周围了个圈。很豪放的烧烤模式,不过火太大,火候不好掌控,大部分肉都烤焦了,只能喝酒,吃肉反倒成了其次。

喝得高兴了，小斌拿起吉他，《流浪歌手的情人》《九月》《南方》……一首接一首民谣弹着，众人载歌载舞，好不畅快。

祝枝坐在小斌旁边，双手环抱着曲起的双腿。与我们的疯魔不同，她像一个稻草人，一直静静地看着火堆……

小斌是那种对着装打扮毫不在意的人，二十六岁的他留着络腮胡子，穿着破汗衫、花裤衩，脚上蹬着一双泛黄的拖鞋，如果把他的吉他换成蛇皮袋，活脱脱一副拾荒者形象都不用化妆。

再次见到祝枝，相较于初见时的印象寡淡，她着实让人惊艳了一把。漆黑柔顺的头发像是用丝绸编织过一般，风吹过时，轻盈地舞动；身穿灰白色绸质衣服，是那种柔软亲肌的料子，裁剪得十分得体；脚上是一双黑白两条带子交织成鞋面的高跟鞋，迎面走来时，自然律动。这种形象，我见到过很多次，像某民宿女神、某漂亮的女漫画家，或者那些唱诗的民谣女歌手……

不得不说，祝枝这样的打扮，再加上那张秀气的瓜子脸上微微泛着的红晕，以及眸子里时不时地闪过的忧伤，简直让人丝毫无法抵抗，实在是太对文艺青年的口味儿了。所有人的目光都在她身上停留了不止三秒，除了我。当然，这并不代表我不喜欢美女，只是我的品味比较特别，喜欢那种微胖的、圆圆脸的可爱型女生，很显然，她这一款不是我的菜，不过并不妨碍我对她的赞赏。

小斌将大家的目光看在眼里，有些得意地牵过祝枝的小手，相当不要脸地冲大家说："我媳妇儿，怎么样，漂亮吧！"

和上次不同，祝枝不再羞怯，而是落落大方地向大家环顾一笑，刹那间犹如暖风拂面，让人心波荡漾。大家都纷纷起哄，说小斌是流浪汉配花仙子，还说祝枝是不是见过的凡人太少，才会选择小斌。

总之，因为祝枝，那次聚会变得有些异常热闹。

谁说不是呢？美女谁不喜欢啊？更何况是文艺范儿的女神，尤其面对的，还是这一帮十分二货的文艺青年！

二

那次聚会之后，祝枝就跟大家混得很熟了。文艺范儿的漂亮姑娘，总是能跟我们这群人有着天然的契合度。

祝枝是一个爱好广泛的姑娘，民谣、旅游、写字，我们玩儿的她几乎样样喜欢，高兴时，她还会为大家弹唱一段儿。她最喜欢的是程璧，《我想和你虚度时光》是她的经典曲目，每次聚会，她都会来上一段儿，清丽婉转又略带湿润的嗓音，唱得比程璧本人还好听。

大家越来越喜欢她，除了小斌，尽管她是小斌的女朋友。

小斌是个原创民谣歌手，很随性的那种，生活之中的所见所闻，他信手拈来，比唱即兴RAP的歌手还随意。他有些不再那么喜欢祝枝的原因，居然是她从来不唱他的歌。关于这一点，大家都说小斌太矫情，毕竟他那些歌真的不好唱，最主要的是不红。

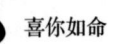

小斌反驳:"民谣是唱给自己听的。"

他确实是一个非常不擅长讲道理的人,这句话一出口就被大家揪住"小辫子",既然你说你的歌是唱给自己听的,干吗非要人家祝枝唱啊?

小斌常常被问得无言以对,然后挪着屁股蹭到我旁边,闷声闷气地问:"老高,你懂我的意思吧?"

我反问:"我怎么可能懂?"

小斌有些急了,朝我瞪眼:"你丫明知道我说的是什么意思!"

"你呀,就是小心眼儿!人家祝枝多好一姑娘啊,心甘情愿地跟着你这个'拾荒者',你还装什么装?不就是她唱的都是那些很红的民谣,却不唱你的,你觉得心里不舒服吗?"我太了解小斌了,他这表现也算是民谣圈儿里的通病吧,想红又怕红,好像红了就不文艺了,就不再特别了。

"老高,我看错你了!"小斌更生气了,拿起啤酒瓶,狠狠地灌了一气,"我是那么狭隘的人吗?你难道真的看不出来?要不是我每年还能在音乐节的舞台上混一混,你以为她还会跟着我?"

"至少,你睡过人家吧!"我不屑地反驳。

对于小斌这样能把一句话翻来覆去说上好几遍的人,我每次都是机械地配合着。从某个方面来讲,我是能理解他的,但这种理解并不代表,你睡了人家就要求人家跟你一样,这是变态。

说真的,自从小斌和祝枝开始谈恋爱,我就觉得他变得有些不可理喻，经常莫名其妙地发火，而且基本上都是冲着祝枝。每每这种时候，祝枝都会默默地坐在一旁，泪眼婆娑，搞得好多小伙伴儿都蠢蠢欲动：你丫小斌不知道珍惜这样的好姑娘，兄弟们可稀罕得紧呐！

三

终于，在一次聚会上，祝枝彻底爆发了。

那天，小斌喝了很多酒。祝枝给大家唱歌的时候，我坐在小斌身边，除了偶尔陪他喝上一杯，也不知道该说些什么。

刚到酒吧包厢，祝枝就很兴奋地跟人们聊起了马頔、赵雷、好妹妹这些近两年特别火的民谣歌手。从《董小姐》聊到《我说今晚月光那么美，你说是的》，从《南方姑娘》聊到《南山南》……都是耳熟能详的民谣歌曲，和祝枝聊天的哥们儿也十分配合地给祝枝讲这些歌手和歌曲背后的故事，聊这些歌曲所传达的文艺情怀。

"狗屁！"小斌忽然不爽地骂了一句。

"王小斌，你到底想怎样？"大概觉得面子上挂不住了，祝枝顿时愠怒。

"分手！"

"分手就分手！"

说是吵架，其实也不过两句话就结束了。只是大家都是朋友，谁也没有立场说要站在谁那一边。就这么简单，两人分手了。

一位擅长活跃气氛的哥们儿，很快就将这段尴尬给揭了过去。早就心有所想的那些牲口们，纷纷劝解着祝枝，很快他们又嗨成一团，唯独我这么干坐着陪着小斌。谁让我跟小斌是十几年的好兄弟呢？这就是命！

"老高，我突然觉得好开心！"醉醺醺的小斌突然抬起头，双眼通红地看着我，"你知道吗？我心里真的好苦啊！"

"可这怨得了别人吗？"我实在懒得搭理他，这货就是没事儿找事儿，自己作死。

"第一次见到她，我就喜欢上她了，真的很喜欢很喜欢。她就像是一朵隐匿在山谷里无人知晓的蓓蕾，我小心翼翼地将她迎入我的生活。可很快，她就盛开了，还那么娇媚。那时候我就想，她不会再属于我了，她已经变成了那种风尘之花，而我想要的，只是山谷里最清幽的那一朵。可是……"

我拍拍他的肩膀，端起酒跟他共饮了一杯，然后沉默。

小斌一饮而尽，身体开始有些抽动，我转眼看过去，他竟然在抽泣。

"我也不知道是怎么了，明明很爱她，可一听到她说那些所谓的民谣、所谓的文艺，我就觉得自己快要疯掉了。她明明什么都不懂，为什么还要表现得对这些东西如此痴迷？我这么说，你明白什么意思吗？"小斌抬起头，问我。

我点点头，又摇摇头，似乎有点儿明白，又不太明白。喜欢民谣这种事情，不是很正常吗？更何况一开始，我们也是什么都不懂啊！"

"我不是那种固执的人，我只是讨厌虚伪。"小斌的语气有些恨恨的。

"虚伪？"我有些疑惑，"怎么可能？"

我看了一眼站在麦克风前唱《万物生长》的祝枝，她正唱到了"就这么吃你……"，声音很好听，眼神带着些许妩媚，跟这歌蛮配的。

"我们做这些事情，是因为喜欢。"小斌停顿了一下，有些失落地说，"可有些人做这些事情，只是因为想穿上一件好看的外衣。"

"兄弟，你想的太多了。"我叹了口气，再次拍了拍小斌的肩膀，"你不能因为别人不像你那般虔诚，就怀疑人家只是为了一件好看的外衣而违心地做着这些。再说了，就算是为了一件好看的外衣，那又如何？人总得给自己找点儿想做的、能做的事情做吧。"

"老高，你污浊了。"小斌看我一眼，眼神里落尽孤寂。

四

那次聚会后，小斌再也没有出现过，甚至没向我这个十几年的朋友告别。后来，关于他的事情，我还是从他父母那里知道的。

小斌出家了，到一个深山里做了道士。

听到这个消息，我有些震撼，脑子里满是他那天孤独寂寞的眼神。说真的，我还是不太能理解他的想法。难道真的是因为不屑于与我们这些污浊的人为伍？可漫漫寒雾的深山，就能给他想要的尘世清幽吗？

想不明白归想不明白，可日子还是要继续。小斌像从来没在我们这个圈子里出现过一样，大家也再没提起过他，不知道这算不算是污浊之人达成的共识。反倒是祝枝，在小圈子里越来越受欢迎，渐渐地，有一些小的音乐节开始邀请她上台演出，尽管她还没有一首自己的原创歌曲。

后来，祝枝做了关于民谣的电台、公众号、直播频道，当然还有民宿。《去大理》火了，她拿着手机，直播自己去大理的情况，并在洱海旁用吉他弹起这首歌。越来越多关于某些地方的歌曲火了，比如《兰州、兰州》《一个人的西藏》《尼勒克小镇》《贺兰山下》……她就像一个虔诚的信徒，将这些地方一一走过，并用视频直播的方式，将关于这些土地和民谣背后的故事，讲述给更多的人。

她在圈子里的名气越积越大，被好事者称为"民谣女神"。她的朋友圈里也出现了越来越多与民谣歌手们的合影，只是从来没有我们这一帮人。尽管，那些关于民谣的故事，还是她在我们小圈子聚会时，那些爱显摆的哥们儿抖搂给她的，但现在都成了她对这些的认知。

某天，祝枝找到我，说想出一本关于民谣的书。我很开心，作为一个民谣粉，我当然很希望能够有一本关于民谣的书，让更多人了解民谣。我也曾为之做过努力，找过赵照、赵雷、钟立风等民谣歌手，希望能够通过他们的讲述，传递民谣文化。可惜的是，这些终究未能成为现实，并在之后很长一段时间内，成了我的遗憾。

五

不知道从什么时候起，民谣开始变得很大众了，周遭的人们都开始谈论民谣，还时不时地附上自己的照片，分享在朋友圈。而那些在早期就开始听民谣的人，则像私家菜畦被抢占了一般，一个个呼天抢地，感叹着世道变幻无常。对于这些事情，我是没有执念的，民谣火了，意味着会有更多好的民谣出现，这是民谣粉的福气。

很快，祝枝就将稿子发给我了。在此之前，我一直很好奇她会讲些什么，毕竟，关于民谣的文字，我也曾有过无数想象。

目录是一首首经典的民谣歌曲，很显然小姑娘是花费了一番心思的，只是其中一篇让我觉得有些伤感，以程璧的《我想和你虚度时光》为名，写的是她和小斌的故事。

在那个故事里，小斌是个总爱穿白衬衣的阳光少年，会在春意盎然的午后，站在开满茶花的山坡上为她唱一曲《我想和你虚度时光》。不得不说，祝枝的文字很优美，写出的故事也很动人。故事里的小斌像钟立风，像马頔，像朴树，唯独不像他自己。

"这似乎不太像小斌啊。"我说。

祝枝回答："这是我想象中的小斌。"

我沉默了，不知道该如何说下去，想了想，问了一个很八卦的问

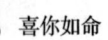

题:"你爱过小斌吗?"

"爱过。那天,他穿着白衬衣,站在音乐节的舞台上,唱着他自己的歌。那时,我就爱上他了。"

我清楚地记得,那是一次高校联盟组织的音乐节,其中一个高校的女老师还是小斌的初恋。为此,他找我借钱,买了那件一百六十块钱的白衬衣。我想,祝枝肯定不知道这个故事,要不然,他们肯定会分得更快。

"那后来呢?你跟小斌联系过吗?"

"他就像我偶尔看向天空时,从视线里飘过的一簇好看的云朵,只是一眨眼的工夫,风就将它改变了,再也不是我喜欢的样子了。"

六

祝枝的新书出版后,受到了很多文艺青年的追捧和喜欢,他们开始循着书里的故事,去寻找那些歌曲的意义。

我不知道,这样是好还是坏,只是,给祝枝打款的那天,我突然有些想念小斌……

我们各自伪装坚强

所有矫情的行为和话语，都是建立在很长一段时间不上班却还有饭吃的基础上的。而绝大多数人依旧是在疲惫之中，努力睁开困倦的眼睛，想象着未来的美好模样，然后继续埋头努力工作。

没有什么公平不公平，努力工作，以此伪装自己，然后努力让自己变成自己伪装的样子，如此反复，直到有一天，你可以不必伪装，活出自己的模样。

一

每次圈内聚会都是一场战役，好在许以艺已是驰骋沙场的好手。

"老许，这次主编的位置，没跑了吧！"

许以艺刚坐下，还在整理思绪，不想陈意涵竟首先向她开炮。俗话说"打人不打脸，揭人不揭短"，这家伙肯定是得到了什么消息。

上次聚会时，许以艺自信满满地说肯定能拿下公司主编的职位，大家纷纷表示羡慕至极，没想到半路杀出个陈咬金，一个平日里极其不起眼、不声不响的小姑娘，竟然异军突起，攻下主编高地。

剧情峰回路转，许以艺恨不得甩自己两巴掌，暗叹自己还是太傻太天真，虽然自觉十拿九稳，但毕竟没有手定乾坤，这回算是丢人丢大了。好在如今的老许已不是当年那个遇事就脸红结巴的乡下妞儿，三年的磨练让她深谙川剧变脸之精粹，不管内心多么煎熬，面儿上一定要得体优雅。

许以艺挺了挺身子，端起茶杯，一手托底，一手轻轻捏住杯盖，手腕弯起一个弧度，恰好留出一汪清澈的茶水，丹红小口微启，沾了几滴茶露，这才缓缓看向陈意涵，用略带怅然和艳羡的语气说道："马有失蹄，人有失手。做人眼光要长远，不能太在意一城一地之得失。意涵，听说你们那个大明星最近要客串范爷的电视剧啦。一人得道，鸡犬升天，你这身价也要水涨船高了吧！"

许以艺的防备与反击，言辞虽不算激烈，但用词何其狠毒，"大明星""客串""鸡犬""身价"，无一不是利箭，道道直戳陈意涵。

陈意涵是一个四流小明星的经纪人，整天累死累活，拿着超低的薪水，却还要忍受小明星的"大牌"脾气，各种贴心服侍，时不时还得表达对其绵绵不绝的"景仰之情"。

这回小明星终于能够跟大牌合作了，陈意涵第一时间飞鸽传书朋友圈，本以为是主子得道升仙，奴才荣华富贵的结局，却不想，大牌只给小明星一个特别小的角色——女三身边的小奴才。要是这样也能算红，那一帮子主演们可以集体告别演艺圈，上街头卖烧饼去了。

"李哥出道一年就能跟大牌合作，也是圈内前辈欣赏他的才华，哪一个大红大紫的明星没有经历过奋斗岁月？星爷、华仔、Jay……都是如此。哎呀，不说这个了，今儿聚会，大家都聊聊手里的项目，看看有没有合作的可能，咱们姐妹几个，可要相互扶持啊！"

要说精明，陈意涵是外在最精明的小妞儿，逢人都带三分笑，拿捏得准局面和身份，习惯性地看人下菜碟。但这次明显失手了，人家老许有痛处，你自家也有难言之隐啊，话到此时，若再反击便是硝烟乍起，不如求同存异，搁置争议，共同开发。

"意涵说得对，咱攒局子，不就是为了姐妹们有机会能好好地合作合作嘛！"见陈意涵有休战的意图，王若兰意犹未尽地动了动身体，而后和悦地说，"姐姐我最近有一特好的项目，不知道你们听说没。前门大街要做文化项目了，前门办事处的一个副处长是我特铁的哥们儿，拿下这个项目是分分钟的事儿。可我一个人又做不了，想请大家一起来合作，写作有谢莹，出版有老许，影视有意涵，媒体策划有我，反正是常规的政府开发项目，与其让别人赚这份钱，不如咱们把这项目承包了，赚钱了大家平分，怎么样？"

"王姐，我们没问题，关键是你，得赶紧拿下，好让姐妹们一起发家致富。"谢莹低着头，边吃着甜点边支吾地说着。

谢莹是个三流作家，每个月给杂志投几篇非重点版面的稿子，一年再出两三本勉强不让出版商赔本的图书，七零八凑，收入竟然比其他三人都高。王若兰的提议，每次都是她第一个响应，但那懒散的语气，怎么都能让人听出点儿别样的意味。

要问有没有人听不出来这种意味，还真有一次，且许以艺、陈意涵两人同时中枪，那就是大家第一次从线上转到线下见面的时候。

初次相见，自然各种谦逊吹捧，场面好不热闹活络，饭局没过半，

245

王若兰就开口说了句"姐姐有一项目"。许以艺和陈意涵,一个从乡下来,一个从跟乡下没什么区别的小城镇来,都是刚到北京没多久,竟然有前辈愿意带着她们做项目,甫提有多激动了。唯独谢莹提不起精神,一直吃东西,当大家将目光齐刷刷射向她时,她诺诺地说:"你们谈好了,稿子给我写就行,嘿嘿,我饿,先吃。"

那是一顿让许以艺终身难忘且教育意义深远悠长的饭局。整整两个小时,她和陈意涵都在用各种言语表达对王若兰的赞美,王若兰也极享受这种赞美,也表示并不介意她们的稚嫩,看中的只是她们的年轻、热情、有斗志。

很长一段时间,许以艺都怀抱着跟若兰姐做大项目、一举挺进富婆圈的梦想,可一天天过去了,王若兰再也没提任何关于项目的消息。左等右等,等到心都焦了,还是没等到。

再次聚会时,王若兰像什么事情都没发生一般,但杯盏交集、话热酒酣之时,她又兴致勃勃地开口说:"姐姐有一项目。"大家都不傻,瞬间明白来龙去脉,并暗自狠狠地臭骂自己一顿。从此以后,凡是没有王若兰在的场合,大家对她的称呼就是"有一项目姐姐"。

许以艺本来还想着听王若兰继续吹嘘下去,反正闲着也是闲着,就当听单口相声了,这时手机突然震了一下,拿起来一看,是陈意涵发来的微信。

"有事儿吗?没事儿的话,撤?"

"好!不过先吃两口!"

"嗯！"

于是，王若兰口若悬河，许以艺、陈意涵不时"嗯嗯啊啊"地回应着，但嘴里却一直包裹着食物。虽说女生要优雅，但也要坦诚，大家彼此知根知底，做样子归做样子，当抱着AA制不吃饱等于浪费钱的精神时，她们都选择尊重身体，这是革命的本钱。

半小时后，从一开始就在吃东西的谢莹大呼一声："呀，我吃饱了！"许以艺、陈意涵也纷纷缴筷。

王若兰见状，抚摸着干瘪的肚子，轻笑道："不能跟你们年轻姑娘比啊，怎么吃都不胖，姐姐我是喝水都长胖，看着美食都不敢吃啊！唉，还是回家吃减肥套餐吧。"

话至此时，其他三个姑娘自然都嬉笑着说："若兰姐，你哪里胖了，你这小蛮腰估计都让姐夫精尽人亡了吧！"

王若兰也是一番场面打趣，拿出粉胭盒补了个妆，拿起手机看了一眼，施施然说："姐妹们，我老公来接我了，先撤了。"

王若兰走后，谢莹圆圆的大眼睛里闪过一丝机灵，笑着问："你们说，有一项目姐姐，这次是买韭菜盒子还是糯米团子？"

"哈哈哈！"许以艺和陈意涵也忍不住大笑起来。

每次聚会，王若兰都说有老公接，有几次她们三个实在忍不住，就悄悄地跟踪她。结果发现，每次王若兰走出饭店大门后，必然左右环顾，然后转身走进附近的小巷，在路边摊买份儿韭菜盒子或者糯米团子。当然，王若兰并不知道她们已知道自己的秘密，每次都声称

"老公来接"。

笑声止住后，三个姑娘也没再说什么话。许以艺见状，微微颔首，说："我还有个案子要做，姐妹们，咱们回头聊了！"

陈意涵也立马接上："李哥要出公告，我也得赶紧回去了。"

谢莹嘟囔着："你们真没意思，人家还没玩儿尽兴呢。"

许以艺也没尽兴，因为她根本尽兴不起来，大家都在装，稍露疲态便会成为被嘲笑的对象，只有彼此妥协，才得半点轻松。

走出装潢豪华的饭店，许以艺缓步走在热闹的大街上，看着北京的繁华夜景，迷人的霓虹让她沉溺。其实每次聚会都很没意思，可她每次都来，虽然装但也没那么装。想想跟其他一些所谓的高档人士在一起时，她往往卑躬屈膝，说话小心翼翼，深怕有半句差池。跟她们几人的聚会，好歹也是大家彼此彼此，至少占个心理优势。再往前一步看，大家都是刚出来混，指不定哪天谁混好了，或许会看着姐妹情分，能有合作的机会。

还没走出多久，手机又响了，打开一看，是谢莹在她们三人的微信群里发了一条信息："艺、涵，咱们去喝酒吧，放松放松。"

又是谢莹。也只有谢莹，虽然看上去有点儿大大咧咧的，但心思却最细，因为是作家，每句话背后都有别的含义，大家也都明白：姐妹们，别端着了，好不容易能放松一下。

许以艺拿出钱包，看着里面还有几张红票，正准备回复，却见陈意涵已回复了一个"好"字。

这一夜怅惘！三人迅速找了一间价格合适、装修文艺的小酒吧，点了几瓶啤酒、几碟小菜，这才真正放开了。

醉眼朦胧中，陈意涵将头靠在许以艺的肩头，呢喃着："我们是好姐妹，一辈子的。"

二

在这座城市里，有多少人能一直保持纯真呢，偶尔有一两回真性情流露，当作歇息就好。

许以艺知道，下次聚会大家该端还是得端着，虽然有友谊在，但大家毕竟还是合作关系。说不上好还是不好，但这就是生活。

曾经有人跟她说，要好好珍惜大学时光，因为那是人一生中，最后一段交朋友不以利益为前提的时光。

以前，许以艺不相信这些话，但现在她却不得不相信了。每天工作那么忙，哪有时间去找志趣相投的人，所见的都是和业务相关的，能像她这样有两三个还算聊得来的姐妹，已经算幸运了。尽管，每次大家都需要很久才能摘下虚伪的面具。

"许以艺，这个案子你来做吧。"

刚到办公室，总编就扔给她一个策划书，是关于某明星的。说是明星，其实是一个网红、段子手，但很红。

做这类人的书，肯定好卖，但一点儿价值都没有，就是一堆毫无

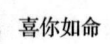

营养的文字堆砌在纸上，不过，那些粉丝们会买单。可许以艺不想做，自从没拿到主编的职位，她就有些灰心，不是对职场灰心，而是对行业灰心。不知是哪根筋搭错了，她忽然想做点儿有内涵的书，也许卖的不好，但至少心安理得。

"李姐，这个项目可以交给别人吗？"许以艺站起身来说。

"这么好的案子，你不想做？"总编李娜诧异地看着许以艺。主编的岗位她没能给，便想在项目方面给她一些补偿，却不想这丫头竟然这么直接地拒绝了。要知道，以这位明星的身价，这书至少能卖五十万册。

"你知道，这本书如果做成了，能卖多少吗？"

"至少五六十万册吧。"许以艺回答。

"心里还有气？觉得我没让你当主编？"李娜语气有些变化。

"李姐，我没有。我就是想做点儿有内涵的书。"

"那你告诉我，什么是有内涵的书？"李娜的声音拔高了一些，带着些许怒气。

"比如像《平凡的世界》《活着》……"许以艺心里也没底气。她知道，公司是不会做这类书的。

"哎哟，许以艺，没想到你还有这么高尚的情操啊。"李娜话里带着嘲讽。

"不是，李姐，我最近想了很多，从入行以来，我不是做无病呻吟的小言情，就是做没有文化的网红，有时候，我都怀疑我做这一行是为了什么。"许以艺反驳道。

"为了什么？哼！"李娜不怒反笑，将笔记本电脑一转，把屏幕对向许以艺，"你看看，这是最近半年的行业销售数据。"

许以艺看了一眼，文学类销量直线下降，畅销品只有一两本，还是早已成名的老作家的作品，而明星自传、青春言情、励志等品类倒是有不少爆款。

"你看看，百分之八十的畅销书，都是你说的没有内涵的书。你以为看书的人多有文学修养啊，你以为做我们这行就很高尚啊？说好听点儿，咱是出版人，说直白点儿都是打工，一份工作而已。"李娜越说越激动，"你跟我说有内涵、要情操，但市场不认啊，市场不认就不会赚钱，老板就不会同意啊。你告诉我，这个时候，你还要坚持有内涵、有情操吗？有理想的出版人，许以艺同学！"

"李姐，我……"

许以艺知道，她今天说的话，肯定得挨骂，因为老板好多次跟他们强调："图书的本质就是商品，跟衣服、鞋子一样，并不高尚。在追求所谓的境界前，先把书卖掉，赚到钱才是最重要的。"

这句话曾经差点儿断送了许以艺对出版行业的追求，但这些年，她发现她坚持下来了，对内容变得麻木了，做了很多哗众取宠的书，也做了很多玛丽苏、杰克苏的意淫作品，尽管她也想不明白，为什么故事里那些毫无特点的男女主们总会被所有人喜欢。

这不是一个她能够理解的世界。尽管才二十六岁，她忽然觉得自己老了，没了斗志，甚至连伪装尖酸刻薄都不愿意了。从什么时候开始的呢？大概是从那天跟陈意涵、谢莹的一场醉酒开始的吧！酒精帮她们卸下了防备，也将她修炼的坚硬盔甲浸泡得柔软了许多。

"话，我跟你说明白了，我知道，每个人进入出版行业，都抱着美好的理想，但现实就是现实。"李娜语气仍然坚硬，但口吻却放缓了。

"李姐，我明白了。这个案子我做。"许以艺抬起了头。忽然间，她有些想嘲笑自己，一不小心竟然又真诚了，说好的伪装呢？美好的食物、漂亮的衣裳、名牌的包包，连这些东西自己都还没钱买，追求什么理想？不是说好的，先赚钱再谈理想吗？

"不好意思，我不打算给你做了。不过，许以艺，我希望你记住今天，因为你的矫情，你错过了做一本超级畅销书的机会，你错过了一次成名的机会，也错过了好几万元的奖金！"

三

一整天，许以艺都浑浑噩噩的，又似乎很清醒，她一直在想着总编说的那些话。很多人到北京是为了追求理想，尤其是文化行业的人，但往往都纠缠在生存问题上，不得不说，这很讽刺。所以，很多人给自己加上一层又一层的伪装，一步步变成自己曾经讨厌的模样。很难说得清这是好是坏，有人因此过得很好，只是偶尔，理想的涟漪在胸中泛起，又会觉出许多酸涩。

临下班时，许以艺拿出手机，给陈意涵打了个电话。她要做一件事,一件她很不喜欢的事——给陈意涵负责的那个小明星出书。尽管他是个龙套,但好歹也算是个有些粉丝的网红……拨出电话的那一刻,她心里有些发堵。

"小艺!"

电话刚拨通,就传来陈意涵的声音,但不是许以艺想象的那种妖精般的声音,而是有些委屈,像是喝醉了。

"怎么了?意涵。"

"我……我……失业了。"陈意涵哽咽着说。

"发生什么了?你在哪里?"听到陈意涵那边似乎有些嘈杂,许以艺慌忙问。

许以艺没想到,事情竟然会变得如此糟糕。为了得到某剧男二的角色,陈意涵负责的那个小明星,不惜牺牲色相,爬上了制片人的床。真不知道这枚小鲜肉面对肥猪般的中年女制片,怎么下得了口,只是在成功得到男二的角色后,女制片要求小鲜肉辞掉陈意涵,理由是陈意涵太漂亮,她没安全感。

"去他妈的安全感!"陈意涵无力地趴在吧台上,醉醺醺地骂道。

许以艺看了一眼周遭环境,嘈杂的音乐、妖娆的灯光,还有一个个近乎癫狂的人们,不要命地朝胃里灌着各种各样的酒,各怀心事。

"意涵,我们走,换个地方喝酒。"许以艺搀扶着陈意涵离开。

谢莹、王若兰也被唤来,看到已经趴在包厢桌子上醉得迷迷糊糊的陈意涵,她俩对视一眼,跟许以艺打了个招呼,就坐到了一旁。

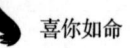

"意涵她怎么了？"

许以艺将陈意涵的遭遇告诉她们，王若兰心疼地拍着陈意涵的肩膀，说："意涵，好啦，没事儿。艺人那么多，再换一个就得了。"

谢莹则愤愤不平："曝光他们！这对狗男女！"

四

第二天，陈意涵酒醒之后，好像什么事情都没发生一般，很快就投入了新的工作，王若兰、谢莹也各自忙着自己的事情，只有许以艺的迷茫困惑，却在日渐增加着。

正视内心这种事情，一旦开了口子，如果找不到答案，就永远停不下来，好像这道口子永远都合不上了一样。许以艺尝试着去跟那些网红、明星们沟通，联系他们的经纪人，可一旦对方表现出傲慢、无理的苗头，她便没了耐心。

许以艺非常清楚，这是一种很糟糕的状态，但内心的野草却仍然不要命地疯长，以强硬的姿态提醒着她，不要忘记初衷。

然而这所谓的初衷，并不能解决现实问题。

时间很快过去了。几个月以来，许以艺一直没有找到合适的选题。总编也多次有意无意地提醒她要专心工作。

看了看手机，又到下班时间了，按照姐妹几人约定，今天又是大家聚会的日子。

许以艺忽然有些烦躁,甚至觉得聚会也是一种虚假。几个混得不如意的女人,穿着自己最贵的衣服,在颇有情调的小酒吧、小饭馆里聊着胡大海地的事情,就是不敢讲出内心的真正想法,偶尔还会彼此攻讦。真是奇妙,她们互相伤害,又互相依存。

许以艺深吸一口气,在推开包厢门的一刹那,她已经做好了被围攻的准备,实在是她最近太糟糕了。

"哎呀,老许,有没有剧情反转,干掉那个女人上位啊。"

"老许,实在不行就换个地方。以你的能力,换一家公司,分分钟坐上主编的位置。"

……

许以艺脑子里闪现着无数种可能的伤害,并迅速地编织着应对策略。然而,令她诧异的是,推开门后,房间里一片漆黑,只有桌子上点亮着"2"和"6"两根小蜡烛。

"老许,生日快乐!"

"啪"的一声,房灯打开,陈意涵、王若兰、谢莹三个站起来,拍着手,齐声唱着"祝你生日快乐……"

许以艺下意识地捂住嘴巴,怔怔地看着几个姐妹,酸酸的暖流绕过心尖,声音有些哽咽:"你们……你们,实在太坏了。"

她竟然没有想起,今天是自己的生日……

"快来啊,老许,姐姐我的大刀已饥渴难耐!"王若兰招呼着许以艺,夸张地说。

"是啊,老许,你生日都不告诉我们,要不是谢莹有记录大家生日的好习惯,可就错过宰你一顿的机会了。"陈意涵又是那个精明小妞了,说话还是那么尖酸刻薄。被陈意涵一把勾住脖子的许以艺,却突然觉得很想哭。

"陈意涵,就你知道得多!"谢莹嘟着小嘴,不满地瞪了陈意涵一眼,又冲许以艺露出一个可爱的笑容,"生日请大家吃饭哈,老许。哈哈,你们的生日我都记得,这可是让你们出血的好机会啊。"

"谢莹,你真是……"许以艺本想调笑她一番,却又是一阵哽咽。明明她很在意跟大家的友谊,却又把记住大家生日这种事情说得这么"清新脱俗"。都不是糊涂人,谁会不明白她的想法呢?

"来,老许,许个愿吧。"王若兰将蛋糕朝许以艺面前推了推。

许以艺闭上眼睛,心底轻声说:"让我们成为一辈子的好姐妹吧。"然后俯身吹熄蜡烛,笑着说:"好啦,吃蛋糕吧。"

谢莹手里拿着餐盘,双眼滴溜溜地看着蛋糕,问:"你们说,老许会许一个什么愿望?"

"还用问吗?"陈意涵像看白痴一样看着谢莹,然后大笑,"老许许的愿肯定是:'神啊,赐我一个男人吧'。"

"你以为我是你啊,没男人活不了。"许以艺瞪了陈意涵一眼,笑盈盈地说,"话说老陈,你最近过得很滋润啊,不会跟你家那大明星那个了吧!"

"滚!"陈意涵佯怒,"姐姐现在的老板是女人,我是喜欢男人的好吧！"

"我看不一定，你们娱乐圈的喜好比较特别，嘿嘿。"王若兰吃着蛋糕，语气不咸不淡。

酒足饭饱后，几个姑娘毫无形象地瘫坐在舒适的沙发椅里，纷纷大呼："都怨你，许以艺，什么时候生日不好，偏偏在这个时候，害得我们的减肥计划都被破坏了！"

许以艺坏笑着拿起手机，快速地摁下拍照键，拍下了几人的"丑态"，并要挟道："以后，你们谁惹我不爽了，我就把这些照片分享出去，哼！来啊，互相伤害啊，谁怕谁！"

五

生活不会给人太多的迷茫时间，所谓的"慢一些，等一等灵魂"这种高级的事情，实在不太适合刚闯入大城市的年轻人。

慢一些，你就会被别人超越；慢一些，就可能没钱交下个月的房租……更遑论什么说走就走的旅行，或是去与天堂最接近或者最遥远的地方洗涤心灵了。

许以艺渐渐明白了一个道理，所有矫情的行为和话语，都是建立在很长一段时间不上班却还有饭吃的基础上的。而绝大多数人依旧是在疲惫之中，努力睁开困倦的眼睛，想象着未来的美好模样，然后继续埋头努力工作。

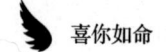

没有什么公平不公平，努力工作，以此伪装自己，然后努力让自己变成自己伪装的样子，如此反复，直到有一天，你可以不必伪装，活出自己的模样。

两个月后，许以艺辞了职，去了另外一家更大的图书公司，待遇上没有太大的变化，但在入职后，她给自己制定了一个目标：两年内，变成一个有资格做自己喜欢的事情的人。

努力！一次不够，那就两次，两次不够，还有十次、百次，总有一天，梦想终究会实现吧！

后　记

　　刚刚好，你到来，我像早发的小草迎向第一缕春风，欢快摇曳，此后万紫千红，都不如初遇你时那般美好。

一

　　很长一段时间里，我以为我再也不会遇见爱情，毕竟浑浑噩噩地度过那么多年，几个阳光下笑得灿烂的女孩，曾许下过永远的誓言，最终都烟消云散，就如这北京的深冬，寻不着半点儿春的痕迹。

　　也习惯了，就这样，上班、下班、宅在家里，偶尔玩游戏、看书、上网闲聊，城市里的霓虹灯看不上几回，也懒得去看，看多了除去孤独便是落寞，尤其是一个人行走在回龙观灰尘会飞扬的大街上，擦身而过的，都是一对对亲密厮磨的情侣。

　　见到幸福的人太多，更不愿意上街；听过爱情的事太多，更不愿意相信爱情……毕竟，人这一生能遇到几次真爱呢？爱的多了，甚至连这爱情,也变得寡淡无味。

那真是一段糟糕的岁月。深雪堆积、北风凛冽,孑然一人,特别是工作上也未能得到一丝慰藉。

常常,我会独坐发呆,看着电脑屏幕,想象着年少时,一个人坐在山坡上,满山的映山红环绕身边,我在夕阳下。

紧接着,便是整夜整夜地失眠。闭上眼睛,灵魂无所适从,又慌忙打开房灯,周遭世界丝毫没有改观。看看时间,凌晨一两点,无数次都是如此,一个人悲伤在午夜。

每逢周末,家人会打电话过来催促我相亲,于是,拖着困倦的身体,坐过地铁、坐过汽车、坐过火车,去见一个又一个陌生的姑娘,聊些莫名其妙的话题,给她们一些拒绝我的理由,以此完成父母安排的任务。

直到你出现,在小小的视频窗口,闪烁着纯净的眼睛,好奇地看着我在这边一副无所谓的模样,哼着流里流气的歌曲。

……

坐上南下的列车,从北京到商城。这是一个贫瘠的小城市,尽管已是春深,草木亦深,自然界的勃勃生机却没能给这里带来一点儿生动气息,一切都还是那么刻板,像是绘画工匠的作品。

坐在破旧的小巴士上,一路颠簸,想起已流逝殆尽的青春,心,很慌,真的真的很慌……

这熟悉的一切,却没有半点儿当初的模样。那时,我解开衬衣的

后记

纽扣，褪掉袖子，又将第一颗纽扣扣上，系在脖子上，手中拿着一把自制的木剑，疯跑在田野上，风从耳边呼啸而过，而我像要在绿意盎然的世界里，一跃而起，翱翔空中。

现在，草木依然，田野更绿，我却不再是那个飞奔的少年，而是在下车前整整衣袖，努力让自己显得更成熟一些。

说不上是因为何种冲动让我回家见你一面，或许是你纯净的眼睛里闪烁的灵动，或许是挂掉视频前你的浅浅一笑，又或许是我太孤独了，想找个人聊聊。

初见时，你站在春日阳光里，低头莞尔，我不知所措，又似乎毫不在意地牵起你的手，漫步，漫步，在一个小小的公园里。

没有之前所见过的那些姑娘的世俗，也没有那些聒噪的纷扰，两个安静的陌生人，却不知从哪里生出仿佛由来已久的熟悉感，徜徉在渐渐偏西的日光里。

回过头，再问一遍，还敢相信，我们就这样，许下一生吗？

二

生活到底是什么样子，如此如此如此，又或是如是如是如是，纷繁复杂，有太多的不明白。很多人告诉我们该怎么去生活，尤其是，你和我来到歌舞升平的城市。

我和你，实在没那么多曲折的情节，也没有浪漫的故事，这让我在想写些什么时，素材是那般匮乏。

　　偶尔回忆青春，那些开放在生命里的花儿，都有一些特别的故事，唯独你没有，一切就那么平淡，没有一丝波澜，我们就像漂流在一条平缓河流里的两只纸船，波光粼粼，岁月无声。

　　或许，就这么漂啊漂，倏忽之间，就会到了生命的尽头。那时的我们，会是什么样子，皓发白首，又或是不堪岁月平静，生出些许是非……一切都未可知。

　　"想什么呢？"你看到我在写些什么，却又杵着下巴，寂寂地看着窗外的杂草丛生。

　　我连忙合上电脑，有些慌乱地说："没，没什么。"

　　"是不是写你以前女朋友的故事啊，还怕我看见啊。"说这话时，你用的是打趣的口吻，手里拿着扫帚，孩子在一旁嗷嗷地叫着要吃糖。

　　"那有什么好写的。"我故作不以为然地说着，将目光看向你，有些胖了，头发也没整理，身上的衣服，还是旧的。

　　"没关系，你写吧，反正赚到钱是我花。"你白了我一眼，说。

　　"好吧。"我被你说的有些无奈，好多次，我都跟你解释过啊，我写的那些爱情故事，都是编出来的，事实上，我并没有和书里的女孩们谈过恋爱。

　　是的，我曾有过几段青涩的爱恋，都是让我快乐过、悲伤过的故事，但如今再回忆时，一切都像小说，遥远到不能再遥远的故事。

　　还有，我的曾经，都向你坦白过，热烈的、痴缠的，还有渣男的。

后记

我的一个兄弟说,如果遇见一个想结婚的姑娘,就让自己洗白上岸,尽量变成一个赤裸裸的、没有遮掩的人。

我也是这般做的,从木讷少年到心思复杂的青年,所有岁月里历经的故事,都托盘而出。我希望,将自己糟糕的一切摆在你面前,等你选择。

你的选择是,结婚,生子。孩子有一个简单而可爱的名字:乐乐。

三

你是一个没什么企图心的女人,甚至对美好生活的向往都没有。

一切的一切,都是那么简单,日出而作,日落而息。好像,我们的生活就是如此。

你喜欢给我起外号,也许是我太习惯忧愁,你便叫我高乐乐,现在成了儿子的名字。

我将这一切珍藏,陪你看山、看树、看云,看我们的日子,看我们的未来……从学习写作到现在,写了许多爱情故事。

想为你写一个,却写不出来,就像我们每天的日子,起床、吃早餐,我去上班,你在家带孩子,我下班回家,一家人吃晚餐,而后骑着电瓶车,到外面闲逛一圈。

你竟觉得这也是一种美好。其实,我也这么觉得。

这本书又写完了,又能拿到一丁点儿稿费,不过这不重要,重要

喜你如命

的是，我还有些遗憾，没能好好地为你写一篇故事。

所以，零零散散，絮絮叨叨，说了些话，就当完结语，给这本书的。

我们的故事呢，才刚刚开始吧……你说，对吗？